CHASING - SPENCER

VERSIONE ITALIANA

KYLIE GILMORE

Traduzione di
MIRELLA BANFI

Chasing – Spencer © 2021 di Kylie Gilmore

Copertina di: Michele Catalano Creative

Traduzione di: Mirella Banfi

Pubblicato da: Extra Fancy Books

ISBN-13: 978-1-64658-111-5

1

Paige

Tre giorni del fine settimana festivo venuto dall'inferno non mi spezzeranno. Sono una dura. Sono forte.

Sto perdendo il controllo.

La locanda di cui sono co-proprietaria con mia sorella Brooke è al completo e sono da sola per la prima volta per il lungo fine settimana del Quattro Luglio. Sono sul terrazzo e tengo d'occhio un ragazzino vivace che sembra deciso a spargere cibo su tutti i mobili nuovi della locanda. Non fraintendetemi. Mi piacciono i bambini, ma non quelli casinisti.

Di solito non sarei così stressata, ma non ho quasi dormito le ultime due notti. Perché? Oh, niente di serio. Solo un invito al matrimonio del mio ex fidanzato. Ed è arrivato il giorno del mio trentesimo compleanno! Il grande 30. Le mie uova si stanno avvizzendo un minuto dopo l'altro, insieme alla mia gioventù. Prendo il mio quarto biscotto con le gocce di cioccolato e do un morso feroce. *Muori, ex fidanzato traditore!*

Conto i secondi che mancano ad aprire lo Shiraz destinato proprio a un'occasione simile, quando l'uomo che è sparito la settimana prima del matrimonio si sta sposando con l'assistente di volo con cui era scappato. Non vedo Noah da due anni, ma questo invito ha riaperto la ferita.

Potrei accettare il fatto che mi abbia lasciata perché è un traditore incapace di impegnarsi, ma ora si sta impegnando con un'altra. Sbatto le palpebre per ricacciare le lacrime, cercando invece di arrabbiarmi.

Seriamente, chi manda un invito di nozze alla ex fidanzata? Arroganza pura. Gli ho regalato quattro dei miei migliori anni, quando avrei potuto incontrare altri uomini, migliori di lui. Peggio ancora, mi ero adeguata alla *sua* vita, ignorando la sua reputazione di donnaiolo per credere alla favola. Non che la cosa mi amareggi. Non molto.

E come ciliegina sulla torta di questo fine settimana infernale devo avere a che fare con un altro uomo arrogante, Spencer Wolf. Ha più o meno la mia età, alto, capelli corti castano chiaro, occhi azzurri con ciglia folte che darei non so cosa per avere e un po' di barba sulle guance. Oltre al fatto che flirta senza vergogna con qualunque donna respiri, inclusa me e mia sorella *contemporaneamente*, il problema con Spencer è che pensa di essere il capo, mentre il capo *sono io*. Grr...

Do un'occhiata alla finestra della cucina, pensando se sia il caso di controllare che cosa fa. Devo sempre restare all'erta con lui altrimenti fa tutto il contrario di quello che abbiamo concordato, come preparare menu che non abbiamo discusso, lasciando fuori portate già accettate. Sinceramente non so perché lo sopporto.

Colgo per caso il suo sguardo e lui mi fa un saluto militare. *Stronzo arrogante*. Mi volto.

Joey, dieci anni in tutto, corre con un gelato al cioccolato che si sta sciogliendo, diretto alla porta posteriore della locanda. Gli corro dietro. L'ultima cosa che voglio sono macchie di cioccolato sui rivestimenti beige del soggiorno. «Joey, aspetta! I gelati si mangiano solo all'aperto.» I suoi genitori hanno comprato il gelato in città, da Summerdale Sweets prima di tornare alla locanda per il barbecue. Perché non hanno fatto finire i coni ai loro figli nel negozio?

«Deve usare il bagno» dice sua madre dal patio al piano di sotto.

Lo raggiungo e blocco la porta con il corpo. «Ti terrò io il gelato.» *Perché sua madre non interviene?* La guardo, ma sta sorridendo a qualcosa che le ha detto suo marito, sembrano due piccioncini e non voglio rovinare loro questo momento. Per la locanda il passaparola è fondamentale.

Joey fa una smorfia. «Carla ha portato dentro il suo gelato.»

Mi sento morire. «È dentro?»

«Sì. Doveva prendere la sua stupida sirena dalla valigia.»

Perché??? Avrei dovuto avvolgere i mobili nella plastica.

«Terrò io il tuo» dico in tono serio. «Non è igienico portare il cibo in bagno.» *Cosa che dovrebbe importare ai tuoi genitori.*

«Niente da fare, signora. Sono sicuro che lo leccherà.»

Una grande mano maschile appare appena sopra la mia spalla. Non ho nemmeno sentito aprirsi la porta. «Daglielo, ometto. Potrai farti un *sundae* dopo cena. Molto meglio di un cono molliccio.» È Spencer. Mi sposto di lato per permettergli di fare il suo discorso da uomo a ometto. Il tono di Spencer è invitante, ma il resto della sua figura autoritaria dalle spalle larghe indica che non ci saranno discussioni.

«Con lo sciroppo al cioccolato?» gli chiede Joey.

Spencer gli arruffa i capelli e le mie ovaie fanno un allegro balletto. *Sarà un ottimo padre.*

Comunque, le mie ovaie sono delle traditrici. *A noi Spencer non piace, ragazze!*

«Certo. Fatto in casa. Ti lascerò perfino leccare il cucchiaio quando avrò finito di prepararlo.»

«Lo giuri?» chiede Joey.

Spencer si fa solennemente una croce sul petto. Sento una stretta al cuore.

«Affare fatto!» Joey gli consegna il cono e si precipita dentro.

Spencer esce con il cono, con gli occhi azzurri che scintillano quando mi guarda. Devo lottare contro il desiderio di abbracciarlo. Arrossisco, cosa che non capita spesso, e il mio polso accelera. *Whoa, che cosa sta succedendo?* Mi sta attirando con il suo potenziale da padre e gli occhi che brillano.

Okay, solo perché Spencer è stato inaspettatamente bravo con un bambino non significa che sia speciale o super sexy. Almeno non più sexy del solito. Cioè, obiettivamente è attraente. Non significa che sia attratta da lui. È ciò che c'è dentro che conta.

«Credulone» dice Spencer in tono complice. «Ho tutte le intenzioni di leccare il suo gelato.» Finge di mordere il cono e poi lo getta nella pattumiera.

«Grazie, sei stato grande con lui.» Ho la voce un po' sospirosa. *Datti una calmata.*

Spencer inarca le sopracciglia a quel complimento. «Ho confiscato il cono di Carla quando è corsa dentro a prendere la sua bambola. Dovresti veramente tenere meglio d'occhio i tuoi piccoli ospiti.»

Se non fossi morta di sonno probabilmente avrei trovato il modo di ribattere. È quello che facciamo. Ci infastidiamo a vicenda. Invece lo fisso, muta e grata e anche un po' sentimentale per il suo modo di trattare i bambini.

Poi lui rovina tutto. «A proposito, non mi piaceva l'aspetto delle pannocchie, quindi sono passato agli spiedini di verdura. Agli ospiti piaceranno.»

Torna trionfante in cucina per preparare una portata che non avevo autorizzato. Di nuovo.

Un momento. Ho pagato le pannocchie, gli ospiti si aspettano le pannocchie. Lo seguo all'interno dove sta velocemente tagliando i peperoni.

«Dove sono le pannocchie?» chiedo.

«Nel bidone dell'umido.»

Sta sprecando cibo e soldi. Mia sorella e io abbiamo aperto la locanda solo un mese fa. È la mia unica fonte di guadagno e abbiamo investito entrambe tutti i nostri risparmi. Non posso ancora permettermi nemmeno le normali perdite, specialmente visto che non abbiamo prenotazioni per tutta l'estate (che dovrebbe essere la nostra alta stagione).

Mi metto le mani su fianchi. «Ne abbiamo già parlato. Elaboriamo un menu e ci atteniamo a quello. L'ho stampato e messo in ognuna delle stanze degli ospiti. È sul nostro sito e in tutta la pubblicità. Metà del motivo per soggiornare qui il Quattro di Luglio era quel menu.»

«Sono qui per la mia cucina ed è quello che avranno.» Prende una grossa cipolla e l'affetta velocemente per preparare gli spiedini. È un professionista. Non piange nemmeno per le esalazioni.

Ammetto che è un grande chef ed è l'unico motivo per cui l'abbiamo assunto. Su quello Brooke aveva insistito. Non c'era nessun altro con quel livello di capacità in questa zona e si era detto d'accordo a lavorare occasionalmente per noi quando ne avevamo bisogno. Più che altro per i ricevimenti di nozze e le festività. Abitualmente è lo chef dell'Horseman Inn in città.

Comunque, non posso permettergli di mettermi i piedi in testa. Perché avere un menu se lo cambia tutte le volte? La Locanda su Lovers' Lane ha due cose che la fanno risaltare rispetto a tutti gli altri B&B nella zona: ottimo cibo e pacchetti per le fughe d'amore. Abbiamo pensato al romanticismo per attirare le coppie dato che avevamo già un nome romantico, vista la nostra posizione sul Lovers' Lane. È stata un'idea di mia sorella Kayla che adora organizzare matrimoni e tutte le cose romantiche. Con me gli uomini non fanno i romantici. Probabilmente non mi vedono come il tipo che cadrebbe ai loro piedi adorandoli. Tanto per dire, sarebbe carino.

Do a Spencer la mia migliore occhiataccia: *Sono io quella che comanda.* «Non puoi semplicemente buttare il cibo. Le ho pagate ieri, fresche al mercato contadino. Non potevano essere così male.»

Lui non alza nemmeno gli occhi da quello che sta facendo. «Decisione operativa. La prossima volta lascia che vada io a comprare gli ingredienti, tu non sai che cosa controllare.»

«Avevano un bell'aspetto. Ho perfino guardato sotto i cartocci, di ciascuna.»

«Blah!»

Mi irrito. «Sono io al comando qui, prendo *io* le decisioni operative.»

«Davvero?» Non aspetta la mia risposta, si sposta solo per prendere un colapasta pieno di funghi lavati.

«Firmo io i tuoi assegni» gli ricordo.

Divide nitidamente i funghi a metà. «Perché avete bisogno del miglior cuoco in città? Perché pensi che tutte le recensioni sulla locanda parlino del cibo?»

«Sono io che cucino le colazioni di cui gli ospiti sono entusiasti.»

«È il mio menu e ho insegnato io a te e a Brooke a cucinarlo.» Mi punta addosso il coltello. «Ammettilo, Paige, sareste perse senza di me, quindi invece di discutere sui menu, perché non te ne vai, ti appiccichi un bel sorriso su quella faccia scontrosa e non ti assicuri che i tuoi ospiti siano contenti? Non è *quello* il tuo lavoro?»

«So qual è il mio lavoro!» sbotto.

«Allora perché non lo stai facendo?»

Alzo le mani, sconfitta. «Uffa!»

Spencer scoppia a ridere. «Altrettanto a te.»

«È l'ultima volta che ti assumo per un evento» borbotto mentre esco.

«Continua a ripetertelo. Sappiamo entrambi che non riesci a resistermi.»

Apro la porta e gli do un'ultima occhiataccia voltando la testa.

Lui mi rivolge un sorriso lupesco che mi manda un fremito di eccitazioni lungo la spina dorsale. Mi volto di colpo ed esco.

Non c'è niente di eccitante nei lupi. Spencer Wolf. Il nome è adatto a lui.

Mi metto una mano sul collo dove una vena sta pulsando selvaggiamente. Il pericolo non è la stessa cosa dell'eccitazione. Per niente.

~

Spencer

Non so perché continuo ad accettare questi lavori extra per la strega più strega che abbia mai incontrato. Certo, Paige è bella con quei capelli castani ondulati in disordine, il nasino all'insù e le labbra imbronciate, ma ho sempre preferito donne *amabili*. Lasciano che comandi io. Paige mi combatte in ogni momento. È come se non capisse che sono io il mio capo. Nessuno, nemmeno un cliente è mai riuscito a comandarmi.

Okay, so perché devo sopportarla. Soldi. Il mio obiettivo è di avere un giorno il mio ristorante. Per ora sono uno chef con un secondo lavoro.

È ora di ritirare la paga. Controllo la gente raccolta nel patio e sulla terrazza. Non vedo Paige aggirarsi tra gli ospiti come fa di solito, quindi lascio che i miei due assistenti finiscano di pulire il grill e i tavoli all'esterno ed entro nella locanda. Quella donna tiene attentamente d'occhio tutto quello che faccio. Si potrebbe pensare che dopo questo, il terzo evento alla locanda, uno dei quali è stato per il ricevimento di nozze della sorella minore, Brooke, Paige sarebbe più rilassata quando si tratta del mio lavoro. Sono un maestro in cucina, uso solo gli ingredienti migliori, freschi, dal campo alla tavola. A volte significa cambiare il menu se non sono soddisfatto della qualità di un ingrediente, ma, ehi, non ho mai sentito un ospite lamentarsi mentre mastica. Solo Paige si agita quando devio dal menu che si aspetta. Inchinatevi al maestro o fatelo da soli, dico e funziona proprio bene con quella strega.

Mi guardo intorno nella cucina con le sue attrezzature al top di gamma. Apprezzo che Paige e Brooke abbiano deciso di installare una cucina moderna quando hanno restaurato questa vecchia fattoria olandese per trasformarla in una locanda. Lei non c'è. Vado nel soggiorno, con il pavimento di grandi tavole di legno, poltrone e divani imbottiti beige. Vuoto. Probabilmente è nel suo appartamento al secondo piano dell'ala nuova. Spero che stia compilando il mio assegno.

Sento aprirsi una porta dietro di me e torno in cucina.

Paige esce dalla dispensa, mi vede, sussulta, e si porta una mano sul cuore. Ha i capelli in disordine ma la camicetta bianca a fiori e la gonna rosa sono immacolate. Non sembra che ci sia un uomo nascosto lì dentro con lei. «Mi hai sorpresa.»

Sto per prenderla in giro per essersi nascosta nella dispensa quando mi rendo conto che ha pianto. Ha il volto chiazzato e il naso rosso. «Va tutto bene?»

Lei scuote la testa e mi supera, prendendo un bicchiere d'acqua dal rubinetto. «Sto bene» dice sopra il rumore dell'acqua.

Giusto.

Beve un sorso, continuando a voltarmi la schiena.

Non tocca a me ficcare il naso. Comunque, sono curioso. Non avevo mai immaginato che Paige *fosse capace* di piangere. Indossa l'orgoglio come fosse un'armatura. «Che cos'è successo?»

Lei si volta a guardarmi, alzando la testa. «Niente. Va tutto bene qui?»

«Sì. Ero entrato solo per prendere il mio assegno.»

«Mmm-mmm.»

Non accenna a muoversi, invece si lascia andare contro il ripiano, con il bicchiere stretto in mano, fissando il pavimento senza vederlo.

Mi avvicino, le prendo di mano il bicchiere, le sfioro le dita con le mie e sento una scossa inaspettata a quel contatto. Finora non mi ero mai avvicinato a sufficienza da toccarla. Ha i begli occhi color del whisky spalancati. Appoggio il bicchiere sul ripiano, cercando strenuamente di ignorare quella scossa. «So che mi tolleri appena, ma dimmi se c'è qualcosa che non va. Lo sistemerò io.»

Paige apre le labbra e mi ritrovo a chinarmi verso di lei. Sembra più morbida, non so perché, non la solita gelida strega. E ha un profumo meraviglioso: vaniglia e qualcosa che è solo suo. Una botta di desiderio mi acuisce i sensi e il cuore batte un po' più forte.

«Che cosa stai facendo?» mi chiede a bassa voce.

Mi tiro indietro, ma il desiderio non svanisce. Mi dico di concentrarmi sul fatto che ha bisogno di aiuto. «Niente. Mi sembri sconvolta. Non ti ho mai vista nasconderti nella dispensa per piangere.»

«Non mi stavo nascondendo e chi dice che stavo piangendo?» Mi passa accanto ed esce dalla stanza.

«Sarà meglio che mi dia il mio assegno!» le dico.

Se possibile, la sua schiena diventa ancora più diritta. «Va' al diavolo.»

Sorrido tra me e me. Sembra non sia troppo sconvolta per battibeccare con me. Sparisce intorno all'angolo, diretta al suo appartamento. Lo so solo perché non mi aveva permesso di seguirla quando doveva consegnarmi il primo assegno perché era "il suo spazio privato".

Mi dirigo verso il soggiorno, vicino all'ala nuova, mi siedo sulla mia poltrona di pelle reclinabile preferita e allungo le gambe. Sono in piedi da tutto il giorno, per preparare e poi cucinare. Mi piace essere il capo di me stesso. Mi piace essere il capo. Punto. Da quel punto di vista ho preso dal mio caro vecchio padre. Peccato che non siamo mai riusciti a smettere di scontrarci per lavorare veramente insieme. Immaginate che cosa riusciremmo a ottenere se facessimo un fronte unico. Ah. Come se fosse mai possibile.

Lascio uscire il fiato, ricacciando in un angolo il senso di colpa che provo sempre quando penso a papà. Sento da tutta la vita quanto desidera che lavori con lui vendendo auto. Ha una catena di concessionarie. Anche ora che mi sono affermato nella mia professione non smette ancora di dirmi che un giorno prenderò il suo posto. Non sono un venditore. Mi piace il cibo e cucinare. Mio padre non ha mai accettato che abbia scelto di fare quello nella vita. I nostri rapporti sono tesi da quando ho finito le superiori e ho cominciato a lavorare in un ristorante di lusso invece di unirmi a lui nella concessionaria. Ho scelto di fare l'apprendista di grandi chef e adesso sono uno di loro. Niente scuola di cucina per me. Volevo immergermi in quel mondo accanto ai migliori.

Vado con la mente al menu dell'Horseman Inn. Al mattino mi fermerò al mercato contadino. In questo periodo dell'anno dovrebbe esserci abbondanza di pomodori freschi. Preparò un'insalata alla caprese e lascerò da parte qualche pomodoro per fare la salsa. Dovrebbero arrivare presto le ciliegie. Mi fermerò anche al mercato del pesce. Ho un piccolo orto di erbe aromatiche dietro al ristorante a cui posso attingere. Un giorno avrò una proprietà con un grande orto, un frutteto e animali. Tutto quanto. Il mio ristorante: Spencer's.

«Ho finito di pulire» dice Rick, apparendo in soggiorno con Sara. I miei assistenti sono una giovane coppia sposata, non ancora trentenni. Sono entrambi insegnanti delle elementari che fanno questo lavoro extra per guadagnare un po' di soldi in più.

Da quanto tempo sono qui seduto a sognare a occhi aperti il mio futuro ristorante? E dove diavolo è Paige?

«Perfetto, grazie» dico, raddrizzando la poltrona e alzandomi in piedi. «Ho apprezzato il vostro aiuto, oggi.» Prendo il portafogli, tolgo i loro assegni e glieli consegno.

«Ti serve altro?» chiede Sara.

Il mio assegno. «È tutto. Potete andare, grazie di nuovo.»

Vanno verso l'ingresso. Io guardo l'ala nuova, chiedendomi se sia il caso di salire e bussare alla porta di Paige. Ha dimenticato che la sto aspettando qui? O forse è di sopra e sta piangendo calde lacrime? È successo qualcosa a Brooke? Sua sorella è in luna di miele. Non riesco a immaginare che cosa possa avere sconvolto Paige, tranne che sia successo qualcosa alla sua famiglia. Quella donna è fatta d'acciaio. Non c'è niente che la turbi, mai.

Okay. Salgo, scopro che cosa sta succedendo e sistemo tutto.

Percorro il corridoio che porta all'ala nuova, salgo le scale e busso alla sua porta. «Paige, sono Spencer.»

«Vai via» dice lei con voce stanca.

«No.» Busso di nuovo, questa volta più forte.

«Ho detto di andare via!»

«So che sei lì dentro a piangere calde lacrime, ma qui c'è

qualcuno che dev'esser pagato.» Ecco. Questo dovrebbe smuoverla.

La porta si spalanca un momento dopo. I suoi occhi marrone chiaro lampeggiano. «Aspetta qui.» Volta sui tacchi e ritorna nel suo appartamento.

Ha lasciato la porta aperta, quindi infilo la testa. Che disastro! Bottiglie di vino vuote e scatole di pizza sul tavolino. Carte sparse sul divano bianco con una trapunta a pois gialli buttata da un lato. È un open space, quindi riesco a dare un'occhiata alla sua scrivania, sepolta sotto montagne di carte e la cucina con il lavello pieno di piatti sporchi. Paige è sempre così in ordine che non avrei mai pensato che fosse una sciattona. Posso solo immaginare come sia la sua camera. Esiste una camera? C'è una porta chiusa oltre la cucina. Potrebbe essere un bagno. Forse quello è un divano letto.

Paige viene verso di me e faccio un passo indietro in modo che non sembri che stia spiando la sua sciatteria. Mi consegna l'assegno senza dire una parola.

«Dormi sul divano?» le chiedo.

«Non sono affari tuoi.»

È in quel momento che noto le occhiaie scure. Scommetto che non riesce a dormire e resta sdraiata sul divano tutta la notte, a bere vino e a piangere. Poi si nasconde nella dispensa per piangere durante il giorno. Sento qualcosa che si stringe nelle vicinanze del cuore.

Addolcisco la voce, cercando di parlarle con un tono rassicurante. «Paige, di qualsiasi cosa si tratti...»

Lei alza una mano, con le lacrime agli occhi. «Non farlo!»

«Che cosa non devo fare?»

«Non compiangermi!»

«Non lo sto facendo. Ovviamente c'è qualcosa che non va. È morto qualcuno?»

«Cosa? No!»

«Okay, meglio così»

Guardo il disastro oltre la sua spalla e gli occhi lacrimosi con le occhiaie scure. «Non riesco proprio a immaginare che cosa possa aver penetrato la tua robusta armatura.»

«Ah! Pensi che abbia un'armatura robusta. Sono tre giorni che piango.» Alza tre dita in aria. «E per che cosa?»

Faccio spallucce, anche se mi allarma il fatto che stia piangendo da tre giorni. «Non ne ho idea.»

«Ho trent'anni, lo sapevi?»

Prima che possa chiederle perché quel fatto dovrebbe farla piangere per tre giorni interi, lei continua, gesticolando forsennatamente. «Sono tutti felicemente sposati, alcuni con dei figli in arrivo. Wyatt aspetta il suo primo figlio con Sydney. Brooke e Kayla probabilmente li avranno presto e i cugini cresceranno insieme.»

Wyatt è il fratello maggiore, Brooke e Kayla le sorelle minori. Immagino che si senta lasciata indietro.

«Ehi, solo perché loro hanno fatto il salto...» Faccio per dire.

«Anche tutte le mie amiche in città sono sposate adesso. Ho un'orribile collezione di abiti da damigella per dimostrarlo e qualche spiacevole... Non importa.»

«Spiacevole... Che cosa?»

Lei stringe le labbra.

Tiro a indovinare. «Hai fatto sesso con gli amici dello sposo?»

Diventa rossa ma, prima che riesca a sfruttare l'occasione, sbotta: «Vuoi sapere qual è il vero problema?».

«Sì.»

Va diritta alla sua scrivania, prende un cartoncino e torna da me, ficcandomelo davanti alla faccia. «*Questo!* Questo *stupido* invito è arrivato il giorno del mio trentesimo compleanno.»

Lo prendo, senza capire perché l'abbia offesa tanto che sia arrivato il giorno del suo compleanno. Non è una cosa che può succedere quando le lettere arrivano per posta? È uno di quegli eleganti inviti di nozze su carta spessa. Ci sono solo due possibili motivi per cui potrebbe essere sconvolta per un invito di nozze. Si tratta di un ex, oppure perché è ancora single a trent'anni. Ah, il collegamento con il compleanno. Ed entrambe le sorelle minori si sono sposate il mese scorso. Un bel colpo per il povero ego della sorella maggiore.

Strappo in due l'invito.

Lei ansima, sorpresa.

Getto i pezzi per aria. «Problema risolto.»

«Spencer, non riesco a credere che l'abbia fatto!» esclama Paige. Fissa i due pezzi per terra e poi succede la più strana delle cose...

Comincia a ridere.

Io sorrido.

Lei continua a ridere, con le lacrime che le scendono sulle guance, tenendosi lo stomaco, sopraffatta. «Perché non ci ho pensato io?»

«Non eri abbastanza furiosa.»

Paige si asciuga gli occhi e prende i due pezzi di cartoncino dal terreno, mostrandomeli. «Un pezzetto di carta è bastato a distruggermi. Viene dal mio ex fidanzato che si è tirato indietro una settimana prima del nostro matrimonio per scappare con un'assistente di volo che aveva letteralmente appena conosciuto. E poi mi invita al loro matrimonio? Me lo sta sbattendo in faccia.» Scuote i due pezzi dell'invito. «Dovrei andarci e *sputargli* in faccia.»

Mi rilasso, ora che sembra la solita dura. «E poi, quando l'officiante chiede se qualcuno obietta al matrimonio, dovresti alzarti e dire a tutti che è già sposato con te. No, meglio ancora, infilati un cuscino sotto il vestito e dici che aspetti il suo bambino.»

Lei mi sorride da sotto le ciglia e il mio polso va alle stelle. Non mi ha mai rivolto prima quel sorriso dolce e sexy. «Sei più carino di quello che pensavo.»

«Mi sa che sto perdendo il mio tocco» dico con la voce un po' roca.

«Mi piace la parte dell'obiezione. Però non credo che riuscirei a far credere alla finta gravidanza.»

«Perché?»

«Non credo che riuscirei a camminare in modo convincente come una papera.»

Entro in casa sua, prendo un cuscino dal divano e me lo ficco sotto la camicia nera. «Osserva.» Faccio il giro del soggiorno dondolando in modo convincente.

Lei si pianta le mani sui fianchi. «Forse dovresti dire che sei *tu* quello che aspetta il suo bambino.»

Ridacchio e tolgo il cuscino, gettandolo nuovamente sul divano. «Qualcuno lo dovrebbe fare.»

Paige abbassa le mani, pensierosa. E poi comincia a borbottare tra sé e sé qualcosa circa il fatto che dovrebbe uscire di più e "passabile". Sta bene adesso, o sta per crollare un'altra volta? Non posso andarmene se torna a singhiozzare, distrutta.

«Paige?»

Lei si avvicina e mi studia attentamente. In testa mi risuonano i campanelli d'allarme. Non ha più quell'espressione dolce; adesso è tornata al suo solito atteggiamento da dura al comando. Significa sempre che tra noi ci sono guai in vista. Non possiamo essere entrambi al comando senza scontrarci.

«Che c'è?» Mi dico che sta passando un brutto momento e che quindi dovrei almeno cercare di non litigare.

Lei stringe le sue belle labbra piene. «Ho appena avuto un'idea folle.»

Sento i peli sulla nuca che si rizzano. Come regola, mi tengo alla larga dalla follia degli altri. «Non dirmela.»

«Potrei andare a questo matrimonio con il compagno giusto.» Mi dà nuovamente un'occhiata dalla testa ai piedi e poi mi gira lentamente intorno.

Volto la testa per guardarla. «Uhm, perché di colpo mi sento un pezzo di carne?»

Lei finge di addentarmi. «Non preoccuparti. Sono vegetariana.»

«Oggi to ho vista mangiare un hamburger.»

«Sono vegetariana solo quando si tratta di te. Non sei il mio tipo.» Ha un'espressione ferocemente determinata, e comincio a sentire un brivido di paura lungo la schiena.

«Uhm, grazie?»

«Il mio ex mi ha mandato un invito per sbattermelo in

faccia perché gli avevo detto che non sarebbe mai stato capace di impegnarsi con nessuno e che avrebbe vissuto una vita lunga e vuota, senza amore, e che sarebbe morto da solo. Sai, le solite cose che si dicono dopo una rottura.»

«È quello che fai tu.»

Lei si accalora, le guance diventano rosa. «Probabilmente non si aspetta che partecipi al suo matrimonio, e non avevo in programma di andarci, ma...» Dice alzando un dito. «Adesso ascoltami, potrebbe effettivamente andare a mio favore. Il suo miglior amico è l'AD di una società multimediale che include una rivista di viaggi che spesso pubblica articoli sui B&B nelle cittadine pittoresche. Sono sicura che sarà uno dei testimoni. Potrei andare al matrimonio per parlargli e ottenere pubblicità per la locanda. Potrebbe veramente far parlare di noi. E potrei socializzare con gli amici influenti che Noah e io avevamo in comune e convincerli a soggiornare nella locanda e diffondere la voce. Potrei ottenere parecchi vantaggi andando a questo matrimonio e intanto dimostrare a Noah che me la cavo alla grande senza di lui.»

Capisco dove vuole andare a parare e una parte di me vorrebbe aiutarla a farla pagare al suo ex. I traditori sono persone deboli senza il senso dell'onore. E tradire una promessa sposa? Un gesto da coglione. Perché prendersi la briga di un fidanzamento se non si ha intenzione di onorarlo?

«Quindi devi portare qualcuno per poter entrare a testa alta» dico.

Le brillano gli occhi. «Mi serve più di "qualcuno". Ho bisogno di un marito da sbattere in faccia al mio ex. Solo un finto marito. È qui che entri in gioco tu.»

Inarco le sopracciglia. «Ma tutti gli amici che avete in comune non dovrebbero sapere se sei già sposata?»

Lei aggrotta la fronte. «Non ci siamo tenuti in contatto. Noah si è tenuto tutte le coppie di amici che avevamo dopo la rottura. Era amico degli uomini e noi ragazze finivamo per stare insieme così spesso che siamo diventate amiche.»

«Ti hanno scaricata?»

Paige stringe le labbra. «Non mi hanno scaricata. Mi sono

cortesemente tirata indietro in modo da non causare imbarazzo.»

Cerco di immaginarlo ma non ci riesco. «Scusa, non me la bevo.»

Paige stringe i denti in quel modo testardo che comincio a trovare irresistibile. «Tu non c'eri. Alloooora, reciterai la parte del finto marito a questo matrimonio? Sei l'unico uomo che possa riuscire a farcela con, uhm, estrema sicurezza di sé.» Gesticola freneticamente. «Sinceramente sono stata così presa con il lavoro che ultimamente non ho conosciuto nessun single.» Si blocca per un attimo. «Sei single, vero? L'ho supposto perché flirti con tutte.»

«Non tutte. Solo con le donne single.»

Paige scuote la testa. «Ti pagherò. Sei già sul mio libro paga, dopotutto. Si tratterà strettamente di lavoro, per fare pubblicità alla locanda.» Mi guarda ansiosamente.

«No.»

Sul suo volto appare la delusione. «È tutto? Solo no? Mmm, che ne diresti se...» Smette di parlare quando invado il suo spazio personale, pregustando la trattativa.

Sento il sangue che mi scorre veloce nelle vene. «Non voglio i tuoi soldi, quindi dovrei dire "che cos'altro posso ottenere"?»

Sembra che le manchi il fiato ma poi deve capire che c'è una trattativa in ballo perché cambia tattica. «Mmm.» Mi esamina le mascelle. «Mi piace il velo di barba. Tienilo. Magari falla crescere fino a diventare una barba corta. Ci riuscirai in tre settimane?»

«Facile. E ripeto: io che cosa ne ricavo?»

Paige alza il mento. «Che cosa vuoi?» Alza un dito. «Sii ragionevole.»

Curvo le labbra in un sorriso. «Non mi conosci ancora, Paige? Io non sono un tipo ragionevole.»

2

———

Paige

Il mio cuore batte forte quando vengo travolta da un'ondata di desiderio. Non voluta. Spencer è l'unico che possa presentare al mio ex: donnaiolo arrogante contro un altro donnaiolo arrogante. E la parte migliore è che non devo temere di impegolarmi con Spencer perché, se lavorare con lui nei mesi scorsi mi ha dimostrato qualcosa, è che siamo completamente incompatibili. Il piano è geniale. Ma non mi ero aspettata questo desiderio. Com'è possibile che un uomo arrogante e prepotente mi ecciti?

Gli occhi azzurri di Spencer brillano sfidandomi.

Curvo le labbra in un sorriso a quella sfida perché vinco *sempre* io. «Ecco quello che otterrai: ti accompagnerò a qualunque evento sociale straziantemente imbarazzante che avrai in calendario.»

Nei suoi occhi arde una scintilla demoniaca e sento la pressione che aumenta nel mio basso ventre, una botta di calore in tutto il corpo. «Ah, ma vedi, Paige. Io non incappo mai in situazioni sociali imbarazzanti. Non ci sono ex nel mio passato che penserebbero di invitarmi.»

Passo velocemente alla difesa. «Perché non resti abbastanza a lungo con nessuna.» Non è una domanda. È un donnaiolo. Cioè, i segni ci sono tutti: flirta con tutte, è uno spaccone.

Lui fa spallucce, indifferente. «Non posso farci niente se non durano. Problemi di incompatibilità. Comunque, non ho mai sentito qualcuna lamentarsi.»

«Scommetto che la tua arroganza le allontana.»

Mi guarda a occhi stretti. «Scommetto che la tua prepotenza allontana un mucchio di uomini.»

Mi infurio. «Sei tu che sei prepotente.»

«Io sono il capo. È ovvio che sia autoritario.»

Alzo la testa. «Sono anch'io il capo.»

«Immagino sia quello che ci tiene felicemente single. Mi piace la libertà.»

«Anche a me» dico, sforzandomi di iniettare un po' di entusiasmo nella voce. Il grande 30 mi aleggia nella mente. Okay. È solo un numero. A chi importa se le mie sorelle minori hanno trovato l'amore eterno prima di me? Non significa che dovrò restare da sola per tutta la vita, giusto?

«Più si è liberi meglio è» aggiungo.

«Uh-uh.» Spencer mi rivolge un'occhiata sorniona che mi infastidisce. «Quindi, ora che abbiamo stabilito che non ci sono eventi sociali imbarazzanti nel mio futuro, che altro mi puoi offrire?»

Deglutisco, rossa in volto e con quella fitta di desiderio che non se ne vuole andare. È Spencer, quindi niente da fare. *Non me lo posso permettere.* Un donnaiolo nella mia vita è più che sufficiente. «Che ne dici se uso le mie capacità di agente immobiliare per trovarti la tua prima casa? Rinuncerò alla commissione per aiutarti.» Prima di diventare un'albergatrice, vendevo immobili di lusso a Manhattan. Paga favolosa ma lo stress era terrificante, motivo per cui mi sono trasferita a Summerdale per gestire un B&B con mia sorella. Chi sapeva che avrei avuto altrettanto stress vivendo in campagna?

«Come fai a sapere che non ho già una casa?» mi chiede in tono di sfida.

«Sei single e hai evidentemente bisogno di soldi, altrimenti non avresti un secondo lavoro. Immagino che stia risparmiando per permetterti un appartamento decente.»

Lui mi guarda irritato. «Sto risparmiando per aprire un ristorante tutto mio.»

«Oh, allora dove vivi adesso? Potrei trovarti qualcosa di meglio.»

Spencer stringe i denti. «Perché presumi che viva in un posto da schifo? Ho preso in affitto una bella casa accanto al lago.»

Sbuffo. «Non sto cercando di insultarti. Sto cercando di offrirti i miei servizi di esperto agente immobiliare.»

«Senza offesa, ma non credo che ci sia qualcosa che puoi offrirmi che io voglia.»

E poi se ne va.

Resto a bocca aperta. Non riesco a credere che se ne sia andato in quel modo. Niente da offrire? Ho molto da offrire. So vendere gli immobili; so preparare una casa per la vendita; so gestire una fottuta locanda!

E devo farla vedere al mio ex!

«Aspetta!»

Scendo di corsa le scale, ma se n'è andato. Mi crollano le spalle. Ho bisogno di altro cioccolato. Dovrei controllare se ce n'è ancora nella dispensa della locanda. Sospiro, passandomi una mano nei capelli. Invece di auto-coccolarmi con il cioccolato e il vino dovrei finalmente prendere il cane che volevo. Quello di mia sorella, Scout, è una fonte di amore incondizionato e in questo momento mi sembra proprio la cosa giusta.

No, un cane richiede un mucchio di lavoro e potrebbe fare casino nella locanda. È una faccenda che resta in sospeso, proprio come la mia vita amorosa, finché la locanda non si sarà affermata.

Percorro il corridoio, svolto l'angolo e sbatto contro un duro torace maschile. Faccio un salto indietro, sorpresa di vedere gli occhi scintillanti di Spencer. Il mio cuore comincia a battere come un tamburo.

Spencer mi rivolge il suo sorriso lupesco che mette sull'attenti ogni mia terminazione nervosa. «Avevi qualcos'altro da offrire? Sento che la tua voglia di vendetta supera il disgusto che provi nell'avere a che fare con me.»

«Non mi dispiace avere a che fare con te.» *Non molto*. Poi mi offendo. «Sai, quando qualcuno dice "senza offesa, ma" intende sempre offendere. Quindi dovrei essere *io* quella che si sente insultata. Ho parecchio da offrire, sai.»

«Possiamo sentirci insultati entrambi. Hai dato per scontato che viva in un posto di merda.»

Sbuffo. «Stavo cercando di aiutarti.»

Spencer alza le mani. «Ehi, avevo tutte le intenzioni di aiutarti a farla vedere al tuo ex, ma tu ti rifiuti di offrire qualcosa di valore.»

«Che cosa vuoi?» chiedo esasperata.

Mi guarda negli occhi per un intenso momento. «Non importa. Siamo onesti. Non convinceremmo mai nessuno che siamo una coppia.»

Mi sgonfio, la mia opportunità di fare affari e la mia stupefacente fantasia di vendetta stanno sparendo. Ha ragione. Riusciamo a malapena a parlarci in modo educato. Il fatto che *potrei* aver provato qualche fitta di desiderio per lui dimostra solo che è passato troppo tempo da quando avevo una parvenza di vita amorosa. Comunque, una parte di me non riesce ad arrendersi.

«Ma tu sei l'unico abbastanza arrogante da eguagliare l'ego sovradimensionato di Noah» gli dico senza riflettere. Spencer sospira in modo esagerato. «Bene, baciami. Dimostrerà che ho ragione. Nessuno crederebbe mai...»

Lo interrompo con un bacio veloce che mi inonda di sensazioni. I nostri occhi si incontrano da vicino, c'è una nuova consapevolezza nell'aria tra di noi.

Spencer fa un passo indietro, fissandomi la bocca prima di scendere alla gola. Deglutisco. *Riesce a vedere la zona che pulsa selvaggiamente?*

Spencer si muove lentamente e deliberatamente, avvicinandosi, e mi appoggia la mano sulla guancia. Abbassa la testa con le labbra che aleggiano per un momento infinito sopra le mie. Il mio respiro diventa affrettato e chiudo gli occhi, con il corpo che freme nell'attesa. Poi appoggia la bocca sulla mia, un tocco veloce. Una volta, due. Provo una fitta di piacere, dolce e ardente. E poi il bacio diventa imperioso, con la lingua che penetra nella mia bocca. Il mio mondo si inclina sul suo asse. La mano grande si curva sotto la mandibola, un braccio si avvolge intorno alla vita, tirandomi contro di lui. Avvolta nel suo profumo speziato e nel calore inebriante, non riuscirei a muovermi nemmeno se lo volessi. *Beatitudine.*

Quando mi permette di emergere per respirare, mi fissa con gli occhi che ardono. «Allora?»

Mi sforzo di respirare in modo normale. «Terribile.»

Lui sorride e mi lascia andare. «Bugiarda. Sembra che mi sia guadagnato i privilegi di un marito.»

Sento il cuore che accelera, una scarica di adrenalina. Privilegi di un marito nel senso di passare la notte insieme? Ovvio che voglia qualcosa in cambio, ma questo? Perché poi? Beh, c'è una certa attrazione chimica tra di noi, è chiaro. Forse lo eccita una donna in grado di tenergli testa.

Ma Spencer lavora per me e mi ero ripromessa di aspettare l'uomo giusto, con il potenziale per una relazione seria. Come potrei fare sul serio con Spencer, se non riusciamo a smettere di litigare?

Mi sfiora col pollice il labbro inferiore, annebbiandomi la mente con una nuova fitta di desiderio. «Ci stai ripensando?»

Faccio un passo indietro. «Beh, sì, cioè... È un bel salto dalla situazione in cui siamo adesso. Intendevi dire una notte insieme oppure una vera e propria luna di miele di una settimana? Due settimane sono fuori questione.»

Spencer spalanca gli occhi che poi luccicano come quelli di un lupo che sta piombando sulla sua preda. Il suo sguardo bruciante scende dai miei occhi alla mandibola e poi alla gola. Mi sento percorrere da un brivido caldo.

La sua voce è roca quando mi dice: «Mi piace la direzione dei tuoi pensieri. Manteniamo le cose semplici. Una notte, niente impegni».

E poi quando resto lì, cercando di capire la condizione inaspettata che pone al mio piano, mi bacia di nuovo. Un bacio dolce, mentre appoggia le labbra alle mie, appoggiandole da un lato e poi dall'altro, come se stesse esplorando qualcosa di nuovo. Poi approfondisce il bacio e sento le ginocchia molli, il desiderio mi fa sentire le gambe pesanti. Gli afferro il davanti della maglia per restare in equilibrio e lo tengo vicino.

Un lungo momento dopo Spencer alza la testa, con una domanda negli occhi.

Sì, la risposta è sì. Il mio stomaco fa un balzo a quel pensiero.

«È un evento formale, in abito da sera» riesco a dire.

Spencer fissa le mie dita che stringono ancora la maglia. Arrossisco, ma, prima che riesca a tirarmi indietro, mi cattura saldamente i polsi, uno in ogni mano. Li solleva e bacia la pelle tenera all'interno prima dell'uno e poi dell'altro. Riesco a malapena a respirare alla scioccante dolcezza del gesto.

«Ci vedremo allora, moglie» dice.

«Arrivederci» sussurro.

Spencer se ne va con il suo passo spavaldo, pieno di arroganza, come se avesse vinto un round. Potrei anche non avere un equilibrio stabile ed essere ancora sotto shock, ma non sono sicura di aver perso.

La mattina dopo, mia sorella Brooke è di ritorno dalla sua luna di miele alle Bermuda con Max. È decisamente luminosa. Mi assomiglia, con i capelli castani e la pelle chiara, ma ha gli occhi verdi. I miei sono marrone chiaro. Una volta era terribilmente cinica riguardo agli uomini, aveva addirittura giurato di non cascarci più, arrivando a portare il mio vecchio anello di fidanzamento come scudo anti-uomini. Da quando si è fidanzata con Max, il giardiniere-progettista che avevamo assunto per la locanda, è diventata un raggio di sole. Immagino che la vita coniugale le si addica.

I nostri ospiti se ne sono andati questa mattina e stiamo

mangiando un'insalata con le verdure fresche del nostro orto. Siamo in una zona pranzo appena fuori dalla cucina. È martedì e non aspettiamo ospiti fino a venerdì. Mi innervosisce non avere la locanda piena ogni giorno della settimana. So che siamo nuovi e quindi devo mantenere ragionevoli le mie aspettative. Non mi meraviglia essere ancora stressata, anche qui in campagna.

Brooke appoggia la forchetta a metà della sua insalata. Scuote la testa con gli occhi verdi che scintillano. «Mi stai ascoltando mentre continuo a parlare delle Bermuda? Come sono andate le feste qui? So che non dev'essere stato facile gestire da sola una locanda piena. Ovviamente avevi Spencer per aiutarti, almeno in parte.»

Più un aggravio che un aiuto e poi qualcosa di completamente inaspettato, che non riesco a condividere. Dopo tutte le lamentele su Spencer, probabilmente Brooke scoppierebbe a ridere se sapesse che l'ho baciato o che ho accettato di andare con lui in un posto qualunque, per non parlare poi...

Stringo le labbra. «Non lo definirei un aiuto.»

Brooke inforca un pomodoro ciliegino. «Si è occupato degli ospiti il Quattro di Luglio. È un aiuto. Poi hai solo dovuto indirizzarli verso il lago per i fuochi d'artificio.»

La mia mente vola al mio accordo con Spencer. Ieri sera ho risposto accettando l'invito al matrimonio, dopo essermi auto-convinta che ci sono un mucchio di buone ragione perché è una buona idea: occasioni di lavoro, vendetta, baci e altro con Spencer... Ma ora, nella fredda luce del giorno comincio ad avere seri dubbi.

Mi risuona in testa la voce di Spencer. *Baciami. Dimostrerà che ho ragione. Nessuno crederebbe mai...*

Poi avevo accettato la sfida. Ovvio. Non mi tiro mai indietro da una sfida.

Che cos'è una sfida in più quando andare al matrimonio presenta tanti potenziali vantaggi? Ovviamente non mi posso presentare da sola. Sbuffo. Posso gestire Spencer. Sento una fitta di calore semplicemente pensando a mettere le mani su quel grande corpo muscoloso. Era sbalorditivamente facile dimenticare le nostre differenze quando ci stavamo baciando. *Concentrati!*

Bevo un sorso d'acqua. «Allora. Uhm. Ho un matrimonio a cui andare l'ultimo sabato del mese, in città. Probabilmente non tornerò fino a domenica sera tardi. Puoi coprirmi?»

«Ovviamente. Chi si sposa?»

La voce sensuale di Spencer mi riecheggia nella mente. *Una notte, nessun impegno.*

Brooke sa che Spencer mi prende dal lato sbagliato. E adesso mi prenderà dal lato *giusto*. Arrossisco a quel pensiero e bevo un altro sorso d'acqua. «Un vecchio cliente.» È vero, in parte almeno. Noah era uno dei miei clienti ed è così che ci eravamo incontrati.

Lei piega di lato la testa. «Wow, di colpo stai andando a un sacco di matrimoni. Prima quello di Kayla, poi il mio, questo in città e poi ci sarà un matrimonio qui questo fine settimana. «Spencer è ancora d'accordo di occuparsi del catering, giusto? Spero che tu non abbia litigato di nuovo per lui. Lo perderemo se continui.»

Mi sento la bocca secca solo ascoltando il suo nome. Sarà imbarazzante vederlo dopo il nostro bacio? Quando ho accettato di fare sesso con lui, senza impegno?

Non è da me. Okay, bene, posso ammetterlo, il bacio è stato super bollente. Qualunque donna avrebbe trovato difficile rifiutarlo dopo quel bacio sciogli-mutande. Non capita tutti i giorni, sapete?

E pensate alla vendetta. Noah mi vedrà sotto una nuova luce. Invece della fidanzata che ha abbandonato, sarò l'imprenditrice di successo, felicemente sposata con uno chef da cinque stelle. Mi piace quella visione. Lasciamo perdere ciò che succederà dopo con il mio finto marito. Il desiderio che provo mi allarma. Non è nemmeno qui e sono eccitata al solo pensiero.

Merda. Non ci riesco. *Non dovrei farlo.* Mi piace troppo l'idea di fare sesso con lui e con Spencer non c'è un futuro. Peggio ancora, è sul mio libro paga. L'ironia è che avevo reso la vita difficile a Brooke per aver fatto sesso con Max quando era sul nostro libro paga. Avevo assunto la veste della sorella maggiore, rimproverandola perché si era lasciata coinvolgere da qualcuno che lavorava per noi. L'avevo definita poco professionale. Ovviamente adesso sono felicemente sposati, ma non succederà mai a me con Spencer. Ci uccideremmo prima.

«Paige. È successo qualcosa con Spencer? Per favore, dimmi che non l'hai licenziato.»

«Non l'ho licenziato. Non preoccuparti.»

Lei finge di asciugarsi il sudore dalla fronte con il dorso della mano e torna a mangiare.

Licenziato. Ah. L'ho assunto per un doppio lavoro, con il mio corpo come pagamento. Mossa audace da parte sua. Dev'essere stato eccitato come me da quel bacio per suggerirla. Forse, in fondo in fondo, rispetta una donna forte e questo fa sì che voglia di più da me. Sì, diciamo così.

Sto di nuovo cercando di razionalizzare. Facendo avanti e indietro perché l'idea di una notte con lui mi attira. E non l'avrei mai detto prima che ci baciassimo. Io, Paige Winters, la stessa donna che ha avuto esattamente due relazioni nei suoi trent'anni di vita e solo qualche botta e via con i testimoni di nozze in momenti di vulnerabilità che fingo non siano mai successe.

È così che tratterò questa faccenda. Spencer sarà la mia botta e via, uno scacciapensieri più che necessario dopo la bufera emotiva causata dal matrimonio. Poi consegnerò in fretta quell'avventuretta alla categoria delle cose mai successe.

Mi strofino il collo, ricordando il bacio. Il calore ardente e la solidità del suo corpo premuto contro il mio, le labbra dolci e poi rudi, che prendevano quello che volevano. Il piacere dolce e impetuoso.

Non so se riuscirò a dimenticare una notte con lui.

3

———————

Quella sera entro nella biblioteca pubblica di Summerdale per la mia prima riunione del Club del Libro. Avevo visto un avviso sul *Summerdale Sheet*, il settimanale online che ho cominciato a leggere. È importante per un'imprenditrice locale restare al corrente degli ultimi avvenimenti. È così che avevo saputo dei fuochi d'artificio sul lago, l'apertura di una sezione del Best Friends Care al rifugio per animali e la Serata delle Donne all'Horseman Inn.

Il programma Best Friends Care addestra i cani del rifugio per diventare compagni-terapeuti per i veterani affetti da PTSD, una causa molto valida. La famosa attrice Harper Ellis, che è cresciuta a Summerdale, è molto attiva in questo ente di beneficenza ed è stata la forza trainante di questo programma. Sono rimasta sorpresa di sapere della Serata delle Donne, a cui a quanto pare mia sorella Kayla e sua cognata Sydney partecipano ogni settimana, senza che abbiano mai pensato a dirmelo. Uffa. Sono di compagnia. Certo, ultimamente ho lavorato un sacco ma è importante avere contatti locali. Questo giovedì ci sarò.

Stasera la riunione del Club del Libro non serve per procurarmi nuovi contatti. È solo per me. Mi piace leggere e discutere delle storie con la gente che la pensa come me. Audrey, la bibliotecaria che dirige il gruppo, ha buon gusto in fatto di libri. Ho guardato l'argomento delle precedenti discussioni sul sito della biblioteca.

La saluto quando arriva da una stanza sul retro. Ha in mano due sacchetti del supermercato. È una bruna piccolina, con un atteggiamento molto riservato. Kayla dice che ci vuole un po' perché Audrey ti accetti ma una volta che succede è per sempre.

«Ciao, Paige» dice Audrey con un sorriso dolce. «Sono contenta che sia venuta. Ci siederemo là.» Indica con la testa un gruppo di poltroncine imbottite intorno a un tavolo rotondo di legno accanto alla sezione "Nuovi libri".

Mi affretto a raggiungerla e prendo uno dei sacchetti. «Lascia che ti aiuti.»

Lei me lo porge con un veloce grazie.

Guardo all'interno: cracker, formaggio, olive e bicchieri di plastica.

Appoggia il suo sacchetto sul tavolo e comincia a spostare intorno al tavolo le poltroncine imbottite. L'aiuto. Le poltroncine sono pesanti e dobbiamo spingerle sulla moquette grigia.

Sistema le poltroncine in modo che siano più equidistanti. «Per favore, dimmi che hai letto *La dea dei fiumi*.»

«Certo. Voglio prendere parte alla discussione.»

Lei studia la disposizione delle poltroncine con occhio critico e ne sposta una. «Saresti sorpresa di scoprire quante persone vengono solo per i pettegolezzi e gli snack.»

«Buonasera, Audrey» dice un uomo anziano.

Ci voltiamo entrambe quando entrano due donne e tre uomini anziani. Un bus navetta se ne va. Devono essere arrivati da un centro anziani. Audrey e io siamo le più giovani, di almeno quarant'anni.

«Lo so, lo so» dice lei a bassa voce mentre entrano parlando a voce alta tra di loro. «Sto cercando di reclutare gente più giovane. Per un po' ho avuto tre mamme sui quarant'anni, ma le ho perse quando l'orario ha cominciato a interferire con le attività sportive dei figli. Stasera però dovrebbe arrivare Sloane. L'hai già conosciuta? Ha più o meno la nostra età. Presenta quel programma sulle auto sul canale Turbo e ripara le auto da Murray's.» Fissa il soffitto. «Come si chiama?» Schiocca le dita. «*The Right Fix*, la riparazione giusta. L'ho guardato una sola volta. Le auto non mi interessano.»

«Bello. L'ho conosciuta. Era al matrimonio di Kayla.»

«Ti piacerà anche se di solito non finisce i libri.»

Indica a tutti di sedersi. Ci vuole un po' perché uno degli uomini vuole veramente sedersi in mezzo alle due donne e loro non vogliono. Cerco di non ridere. Audrey e io ci sediamo una vicina all'altra e aspettiamo.

Mi cade lo sguardo su alcune riviste su un tavolino. Su una copertina, a grandi lettere: *Cinque segnali che vi state innamorando di un donnaiolo*. Sento stringersi lo stomaco. Conosco quei segni. Mi è capitato con Noah. *Merda*. Non posso lasciare che succeda di nuovo con Spencer. Non mi interessa quanto mi sia eccitata durante quel bacio. Quell'uomo flirta senza vergogna con qualunque donna incroci il suo cammino. Non posso correre quel rischio.

Finalmente, quando tutti si sono seduti, Audrey dice: «Salve a tutti. Ho portato un nuovo topo di biblioteca: Paige Winters».

Battono tutti le mani e sento un groppo in gola. Sembra stupido emozionarsi così, ma non ricevo molti applausi solo per il fatto di esserci. Nemmeno dopo essermi fatta il mazzo per far bene un lavoro. Quando si è una persona che lavora sodo e ottiene risultati, la gente a un certo punto comincia ad aspettarsi quei risultati.

Sorrido. «Grazie a tutti per il caloroso benvenuto.»

Audrey mi presenta il resto del gruppo, usando signor e signora, per rispetto verso la loro età. Poi c'è un gran parlare di cibo quando Audrey prepara i vassoi.

«Questa settimana ti sei superata» dice il signor Paulson prendendo una manciata di crackers.

«Solo la solita roba» dice Audrey. «Anche se ho trovato un buon formaggio Gouda. Lo provi, se le piace il formaggio.»

Scatena una discussione animata sui cibi più o meno digeribili. Audrey e io ci sorridiamo.

Arriva Sloane e Audrey toglie il golfino che aveva messo sul posto che le aveva riservato accanto a lei. «Salve a tutti,» dice, «non ho finito il libro, ma l'inizio mi è piaciuto.» Mi guarda. «Oh, ciao, sei la sorella di Kayla, vero? Paige.»

«Giusto. Lieta di vederti di nuovo.»

Audrey sorride. «Siamo tutti qui, quindi cominciamo.»

È uno strano tipo di Club del Libro. All'inizio Audrey cerca di aprire la discussione sul libro. Io sono l'unica che ha qualcosa di specifico da dire. Segue qualche commento generico del tipo "Mi è piaciuto"; poi Audrey torna alle domande da Club del Libro. Sfortunatamente, una volta evidente che sono l'unica che risponde alle sue domande, probabilmente perché sono l'unica che ha letto il libro, Audrey si arrende e lascia che tutti chiacchierino e mangino, che è probabilmente il motivo per cui sono qui. Una festa per cittadini anziani.

Alla fine della riunione, Sloane si precipita a uscire, dicendo quasi senza voltarsi: «Devo portar fuori Huckleberry. Caleb è via per lavoro».

Sloane è fidanzata con Caleb Robinson. È il fratello minore di mia cognata Sydney. Immagino che in qualche modo ci renda quasi parenti. Dovrei passare più tempo a conoscere i vari Robinson. Sono una delle famiglie che hanno fondato Summerdale.

Aiuto Audrey a ritirare tutto e dico sottovoce: «Hai tentato».

I senior stanno lentamente alzandosi dalle loro poltrone e continuano a chiacchierare animatamente di tutto, tranne che del libro.

Lei annuisce e torna nella stanza sul retro dietro il bancone. La seguo. Gettiamo la spazzatura e mettiamo gli avanzi in frigorifero.

«Se potessi scegliere e dire di venire solo se avete intenzione di leggere il libro lo farei, ma temo che sarei qui da sola. Una volta ogni tanto una persona lo legge, quindi non è una completa perdita di tempo. Non si sa mai chi leggerà il libro quella settimana.»

«Forse una riunione mensile funzionerebbe meglio di

quella ogni due settimane. Darebbe alla gente più tempo per leggerlo.»

«Immagino di sì. Io leggo tanto ogni settimana che è difficile per me ricordare che altra gente può effettivamente accantonare un libro e mettersi a fare altro.»

Rido e la seguo nel salone della biblioteca. Salutiamo gli altri membri del club. Tutti la ringraziano con calore. Il bus navetta li sta aspettando davanti all'entrata.

Una volta andati, Audrey mi chiede: «Vuoi andare a bere qualcosa e a parlare del libro?».

«Un Club del Libro dopo il Club del Libro?» dico, sorpresa.

«Sì. Una riunione informale per quelli che lo hanno veramente letto.»

Sorrido. «Certo.»

«Perfetto. Chiudo e ci vediamo all'Horseman.»

Poco dopo sono seduta al bar dell'Horseman Inn con Audrey. È un martedì sera e siamo le uniche due al bar. Alcune persone stanno mangiando nella sala da pranzo anteriore. Stiamo entrambe bevendo un bicchiere di pinot grigio mentre parliamo approfonditamente del libro. «È un capolavoro» concludo. «Storia, politica, livelli di profondità che fanno emergere una donna incredibilmente forte.»

«Sì, sì, sì!» esclama Audrey afferrandomi il braccio. «Hai capito perfettamente. Paige dove sei stata nascosta finora? Per favore, dimmi che d'ora in poi verrai sempre al Club del Libro.»

Sorrido. «La versione cittadini senior o questa al bar?»

«Entrambe. Spero sempre che si unisca altra gente.» Beve un sorso di vino. «Non so se riuscirai a crederlo, ho fondato il Club del Libro con la segreta speranza di incontrare un uomo single a cui piaccia leggere. È sul mio breve elenco di requisiti per una relazione.»

Ha un elenco?

«Che cos'altro c'è sulla lista?»

Audrey alza una spalla. «Buone maniere. Solo due cose. Che cosa ti posso dire: mi aspetto sempre di meno dopo un tentativo assolutamente pietoso di accettare appuntamenti online. Posso essere franca?»

Le indico di continuare. «Certo.»

«Ho trent'anni.»

«Hai detto abbastanza. Conosco la crisi dei TRENTA. Ci sono appena passata, al mio compleanno, tre giorni fa.» Bevo un lungo sorso di vino. «Non l'ho ancora superata.»

«Quindi mi capisci. Le mie amiche adesso sono sposate. Beh, conosci Sydney, è incinta. Non ci vorrà molto perché Jenna la segua.»

«E anche Kayla adesso è sposata, anche se dice che vogliono aspettare prima di avere dei figli.»

Audrey sospira. «Anche Sloane è fidanzata. Sono la terza ruota del carro di praticamente tutte. E la cosa ironica è che sono io quella che ha sempre voluto una relazione seria. Sydney ha litigato come cane e gatto con Wyatt per mesi. Lo chiamava Satana.»

Rido. «Lo fa ancora, anche se adesso credo sia un termine affettuoso.»

Audrey piega la testa. «Jenna non ha mai voluto una relazione e adesso è sposata con Eli. Kayla aveva giurato che tra lei e Adam c'era solo amicizia e, *sbam!* Sposati. Sloane era scioccata che Caleb le stesse facendo il filo. Non ha dovuto fare nessuno sforzo. Nel frattempo, io scorro i profili online, uno dopo l'altro e ho avuto primi appuntamenti infernali, e intendo infernali.»

Le stringo il braccio comprensiva. «Lo so, è un mondo difficile.»

«Giusto? Cerco un marito e dei figli da anni eppure sono l'unica single rimasta.» Finisce il bicchiere di vino e fa segno alla barista, Betsy, di portargliene un altro. Poi si rivolge a me. «Ne vuoi un altro?»

«Certo, perché no?»

«Io posso andare a casa a piedi da qui. Ehi, puoi fermarti a dormire a casa mia se non vuoi guidare.»

«Lo terrò in considerazione, grazie, anche se ho una buona tolleranza per l'alcol.»

«Allora va bene. Allora, qual è la tua storia? Le tue sorelle di trattano come se fossi la terza ruota di un carro mentre parlano di matrimoni e lune di miele e si vantano dei loro mariti? Senza offesa per le tue sorelle. Secondo la mia esperienza, i neosposi si vantano di queste cose.»

Arrivano i nostri bicchieri di vino e Audrey alza il bicchiere in un brindisi. «Alle ruote di scorta.»

Sorrido. «Le mie sorelle sono innamorate perse e non riescono a fare a meno di parlare di quella roba. La buona notizia è che possiamo essere la terza e la quarta ruota del carro, quindi abbiamo ripristinato l'equilibrio.»

Mi rivolge un'occhiata comprensiva. «Quindi ti senti anche tu un pesce fuor d'acqua.»

Faccio scorrere un dito lungo lo stelo del calice, pensandoci. «Sono felice per loro, non sono gelosa. Non avrei sposato nessuno dei loro mariti.» *Non sono il mio tipo.* Ed è esattamente quello che ho detto di Spencer e poi mi ha baciato e all'improvviso siamo stati perfetti insieme. *No, no, no. Niente da fare.*

Lei ridacchia. «Di' quello che pensi veramente.»

Continuiamo a bere, scambiandoci un sorriso segreto.

Abbasso la voce. «Adam dice appena due parole e Max è troppo rilassato, perfino i suoi capelli, tutti arruffati che sparano da tutte le parti. Ho bisogno di qualcuno che si tenga al passo.»

«Com'è il tuo passo? Svelto?» Si sbatte la mano sulla bocca. «Non intendevo dirlo in quel modo. Anche se chi vorrebbe un tipo "svelto" a letto?»

Ridacchio anch'io e non è una cosa che faccio normalmente. Penso che il vino mi stia andando alla testa. «Sono motivata. Mi prefisso un obiettivo e non mi fermo finché non lo raggiungo. Poi mi prefisso un obiettivo più grande.»

«Quindi stai cercando un uomo molto ambizioso, come te.»

«Non troppo ambizioso, solo... ambizioso. Che abbia degli obiettivi e li realizzi.»

«Il tuo elenco di requisiti è molto più corto del mio e detesto dirlo, Paige, ma di uomini così c'è scarsità da queste parti. Avresti più fortuna in città, nella sala di un Consiglio di Amministrazione.»

Scuoto la testa. «Probabilmente hai ragione. Se fossi rimasta nell'ambito bancario probabilmente sarei sposata a un altro bancario e a questo punto vivrei nei sobborghi e, come dice la statistica, due virgola, tre bambini e un cane.»

Lei finisce il vino. «Un cane è molto importante nelle fotografie di famiglia. Io non posso avere un cane perché ho un gatto che non lo accoglierebbe molto bene. Comunque, di che cosa stavamo parlando?»

«Il nostro elenco di requisiti?»

«Oddio, sono così stanca di sperare, sai? Ho intenzione di rinunciare alla mia fantasia di diventare una moglie e madre e buttarmi nel lavoro.»

«C'è molto da fare alla biblioteca? Sembra un posto piccolo e tranquillo.»

«La sala dei bambini diventa molto affollata con tutti i nostri programmi. Adoro i bambini.» Sul volto appare un'espressione malinconica. «Ti piacciono i bambini?»

«Non ho molta esperienza di bambini.» Penso ai bambini casinisti che si comportano male alla locanda. «Penso che alcuni potrebbero anche essere accettabili.»

Audrey si china vicina, sorridendo. «Posso dirti un segreto?»

Mi volto verso di lei, sorpresa. Non la conosco bene e anche se abbiamo in comune essere single a trent'anni e avere un gusto simile in fatto di libri, non sono sicura che dovrebbe raccontarmi i suoi segreti. Anche se sono estremamente curiosa di sapere che segreto possa avere una bibliotecaria riservata come lei. Ha deciso di avere un bambino per conto suo dato che le piacciono tanto? O forse ha una relazione tipo trombamici di cui non ha parlato con nessuno? Mi sembra una cosa più probabile per una pensatrice riservata come lei.

«Okay» dico. «Non lo dirò ad anima viva. Riguarda un uomo?»

Lei scuote la testa. «Ho intenzione di scrivere il prossimo grande Romanzo Americano. È questo il lavoro a cui mi dedicherò instancabilmente, ho già cominciato. Mi alzo tutte le mattine alle cinque per scrivere prima di andare al lavoro. Poi scrivo per un'altra ora dopo cena e tutto il tempo che posso durante i fine settimana. Non l'ho detto a nessuno perché è il mio progetto super-segreto. Mi fa sentire bene avere una cosa speciale tutta mia.»

«Wow. Fantastico. Di che cosa parla?»

«Non te lo posso dire. Ma ho cinquanta pagine di quella che sarà un'epica saga familiare.»

«Veramente fico.»

«Adesso dimmi un tuo segreto.»

La guardo nei gentili occhi azzurri e mi ritrovo a confidarmi. «Sto prendendo in considerazione di andare a un matrimonio con un uomo, di cui non dirò il nome, che impersonerà il mio finto marito e, in cambio di questo favore, vuole che passi una notte con lui.»

«Non dirmi!»

«Shh!»

«Paige, tu *vuoi* passare la notte con questo tizio?»

Mi guardo intorno, di colpo conscia del fatto che Spencer è lo chef in questo posto. Potrebbe essere in cucina mentre parliamo. «Dimentica che te l'ho detto.»

«Non posso farlo. Kayla ti descrive sempre forte come una roccia. Perché avresti accettato qualcosa che non vuoi fare?»

Mi strofino la nuca abbassando la testa. Come faccio a spiegarle il mio piano di vendetta che coinvolge Spencer e il desiderio che mi ha colto di sorpresa? Non voglio sembrare una donna rifiutata e depressa che continua a desiderare i donnaioli. Uffa. Che cosa c'è che non va in me?

Audrey abbassa la testa per guardarmi negli occhi. «Giuro

che ti puoi fidare di me. Niente di quello che dirai uscirà da questa stanza.»

Le credo, quindi condivido una parte: il mio ex che mi ha invitato al matrimonio con la donna con cui mi ha tradito e il fatto che l'invito è arrivato il giorno del mio trentesimo compleanno.

Audrey si precipita a difendermi. «Beh, ovvio che abbia fatto un errore di valutazione. I trenta sono l'apocalisse. Verrò io con te. Non pensarci nemmeno a passare la notte con questo tizio. Alla nostra età non cerchiamo una botta e via e di certo non una imposta.»

«Non direi che mi è stata imposta.» Faccio spallucce, cercando di sembrare indifferente. «Non posso dire di non avere avuto qualche avventuretta ai matrimoni prima d'ora. Cioè, quante volte posso essere una damigella senza avere un attacco di FOMO, la paura di essere lasciata indietro, e attaccarmi al partner in smoking che mi hanno assegnato?»

«Quindi non ti dispiace?»

Torno con la mente a Spencer e alla sua arroganza. In modo in cui se n'era andato spavaldo come se avesse vinto quel round.

«Si è approfittato della mia crisi dei trent'anni» dichiaro. «Lo informerò subito che rinuncio.» Mi alzo.

«Significa che ti accompagnerò io?»

«Sì. Grazie. Il matrimonio per me è un'occasione per contattare gente importante per il successo della mia locanda. Te lo spiegherò.» Guardo la porta riservata al personale che ho visto attraversare parecchie volte da Sydney. «Torno subito.» Vado verso la porta.

«So chi è!» esclama Audrey.

La ignoro e vado risolutamente in cucina, con due tizi che sembrano sulla trentina che stanno cucinando ai fornelli e uno che affetta carote. Non avevo tenuto conto del fatto che la cucina potesse essere occupata con i preparativi. Ci sono solo pochi clienti nella sala da pranzo.

Il mio sguardo si fionda sulla schiena ampia di Spencer,

con la sua giacca bianca da chef, pantaloni e sneaker neri. «Scusatemi» dico.

Tutti e quattro gli uomini si voltano a guardarmi, sorpresi.

Un angolo della bocca di Spencer si solleva, causandomi una vampata di calore. «Paige Winters nella mia cucina. Ti sono mancato?»

4

––––––––

Mi faccio forza per resistere al suo evidente fascino. «No.»

Gli altri uomini in cucina ridacchiano. Li sguardo storto prima di fissare Spencer. È ora di rimetterlo al suo posto. «Puoi prendere una breve pausa?»

Lui annuisce e dà le istruzioni a uno degli uomini su che cosa c'è da fare. Poi esce nella notte scura dalla porta sul retro.

Immagino si aspetti che lo segua lì.

Faccio un respiro profondo ed esco dalla porta proprio mentre lui accende una lampadina in alto. Emana una luce ambrata che fa apparire più spigoloso il suo volto, più mascolino e duro.

Incrocio le braccia, cercando dentro di me il risentimento che avevo provato parlando con Audrey. «Non ho più bisogno di te per vendicarmi al matrimonio del mio ex. Ho trovato qualcun altro.»

«Davvero?»

Annuisco vigorosamente e mi gira la testa. Potrei aver esagerato col vino. «Sì, quindi puoi dimenticare l'intera faccenda della notte insieme che volevi.»

Lui allunga la mano e mi mette una ciocca di capelli dietro l'orecchio. Mi manca il fiato. Mi fissa con lo sguardo ardente per un momento senza fine. Sento il cuore battere forte, il respiro diventa affrettato.

Spencer abbassa la testa, chinandosi verso di me. Vicino, sempre più vicino. Il mio corpo comincia a vibrare. Lui si prende tutto il tempo, prolungando le cose nel modo più stuzzicante.

Le sue parole son calde contro le mie labbra. «Paige, tesoro.»

Tesoro. Carino. «Sì?»

«Sei tu che hai suggerito una notte insieme.» Si tira indietro e mi guarda. «O era una settimana nel mio letto?»

Sbatto gli occhi un paio di volte, cercando di elaborare la sua dichiarazione palesemente falsa. «No. Hai detto tu che avevi guadagnato i privilegi di un marito.»

«Il privilegio di essere il tuo falso marito, *per accompagnarti al matrimonio.*»

Lo fisso, mentre con la mente rivado a quella conversazione. Come avevo potuto capire così male?

Spencer passa leggermente le dita lungo i tendini del mio collo, accendendo un fuoco dovunque tocchi. Mi dico di ignorare il desiderio che attizza così facilmente. Sta giocando con me.

La sua voce diventa sensuale. «Mi sono reso conto che quel bacio doveva esserti piaciuto abbastanza da voler esplorare la possibilità, quindi ti ho assecondato per vedere dove portava.»

«Ma hai detto una notte, senza impegno.»

«Quando tu hai detto una notte o una settimana. Ho scelto una notte per mantenere le cose semplici.» Sembra completamente ragionevole e per niente eccitato dalla possibilità di fare sesso con me. Tutto quel tempo passato a pensare a quella che ritenevo la sua condizione, a volte accettando e a volte rifiutando l'idea, mentre lui mi assecondava solo per vedere che cosa poteva ottenere da me. Ovvio che avesse preferito una notte. Allarme donnaiolo!

Stringo le labbra. «Ti stavi solo comportando da uomo.»

Lui si porta entrambe le mani al cuore, barcollando all'indietro. «Oh, colpo basso. Parliamo di uomini.» Diventa serio. «Allora, con chi hai intenzione di andare?»

«Audrey.»

Lui sogghigna. «Audrey.» Abbassa la mano. «Piccola, bruna, gestisce la biblioteca?»

«Sì» rispondo infastidita. «Che cosa c'è che non va? Si è offerta lei.»

Spencer si china verso di me, mandandomi un'alta ondata di calore in tutto il corpo. «È così che hai intenzione di farla vedere al tuo ex?»

Raddrizzo le spalle e la schiena. «Nel caso lo abbia dimenticato, andrò al matrimonio più che altro per parlare della locanda al testimone, proprietario di una rivista di viaggi e parlare con altra gente influente.»

«E far vedere al tuo ex che ora sei felicemente sposata. È per quello che ti servo da munizione. Non avevi detto che sono l'unico che può eguagliare il suo enorme ego? E non dimentichiamo che mi desideri.»

A testa alta rispondo: «Audrey sarà una sostituta perfettamente accettabile».

Gli si illuminano gli occhi. «Andrete come coppia. Mossa brillante!»

«Verrà più che altro come sostegno morale» borbotto.

«Cosa?» mi chiede allegramente.

Lo guardo storto. Avrebbe dovuto essere *disperato* perché non aveva nessuna possibilità di venire a letto con me. Adesso ha rigirato la situazione come se fosse stata tutta una mia idea. Il mio rifiuto non l'ha minimamente toccato. È così ingiusto. Era lui quello che avrebbe dovuto pensare e ripensare alla nostra notte insieme dopo la cerimonia. Non che io ne sia mai stata ossessionata...

«Beh, buonanotte.» Mi volto e afferro la maniglia della porta sul retro, abbassandola. Quella dannata cosa non si muove. «Ci hai chiuso fuori?» esclamo.

Spencer allunga la mano oltre di me col calore del suo petto vicino alla mia schiena. La sua voce mi romba nell'orecchio, facendomi sentire stordita dal desiderio. «Così pronta a pensare male di me.» È l'effetto del vino, mi dico. Non lui. «A volte si incastra quando c'è umidità.» Dà uno strattone alla porta che si apre di colpo.

Mi precipito dentro con il volto in fiamme. I suoi colleghi stanno sogghignando. Scommetto che porta un mucchio di donne lì fuori, per un po' di tempo in privato. Sono così lieta di aver posto fine a tutto prima che andassimo oltre.

«Ci vediamo sabato» mi dice.

Mi immobilizzo. Merda. Avevo dimenticato che avevamo un matrimonio alla locanda questo sabato e che provvederà lui al catering. Farò in modo che ci sia Brooke con lui. Mi affretto a uscire, fuggendo verso Audrey.

Appena mi siedo mi dice: «Bella mossa. Spencer flirta con tutte e non prende sul serio nessuna donna. Era lui che doveva accompagnarti come finto marito con un extra? È l'unico single dello staff della cucina».

Ho talmente caldo che sono tentata di sventolarmi, ma resisto in nome della dignità. «Sì, è un tale stronzo.»

Lei mi dà una spallata. «Tu e io, Paige. Faremo grandi cose. Io scriverò il mio romanzo e finalmente viaggerò per tutto il paese, per promuovere il libro, ovviamente, e tu...» Mi guarda, aspettando che parli.

Stringo le labbra, decisa a fare qualcosa di grande proprio come lei. «Farò in modo che la mia locanda sia un successo clamoroso. Sarà *la destinazione*, non solo un punto dove fermarsi prima di andare altrove.»

Audrey solleva il bicchiere. «Vedi, questo è il bello di essere una donna single matura. Puoi riversare tutte le tue energie in una causa giusta. Un brindisi agli obiettivi! E alla gente che li raggiunge come te.»

Faccio tintinnare il mio bicchiere contro il suo. «E anche come te. Chi ha bisogno degli uomini?»

Non beve a quella frase perché proprio in quel momento il fratello maggiore di Sydney, Drew, arriva caracollando. È più o meno di famiglia, per matrimonio. Anche se ha lasciato crescere un po' disordinati i capelli castano scuro e ha un po' di barba sulle guance, è ancora in forma come un soldato. È un ex Ranger dell'esercito e adesso gestisce un dojo qui in città. Immagino che essere cintura nera lo aiuti a sembrare letale. Se non lo conoscessi tramite i miei legami familiari lo troverei un po' inquietante. Ma in un certo modo è come fosse mio fratello Wyatt: protettivo nei confronti dei fratelli minori. Sydney dice che Drew si è sempre occupato di loro, specialmente dopo la morte prematura della loro madre.

«Salve, Drew» dico.

Il suo sguardo è puntato su Audrey, ma distoglie gli occhi un attimo per salutarmi. «Ciao.»

Audrey arrossisce sotto quello sguardo fisso. Lo saluta agitando le dita. «Goditi la partita.»

Le labbra di Drew si curvano in una specie di sorriso. «Goditi il tuo pinot grigio.» Continua fino a un tavolo d'angolo per guardare la partita gli Yankees sulla TV montata sopra il bar.

«Certo!» gli dice Audrey in tono belligerante. Come replica è un po' in ritardo e stranamente ostile.

Lui le fa un cenno con la testa e torna a guardare la partita.

Audrey sbuffa.

«Va tutto bene?» le chiedo.

Audrey si china in avanti gridando sopra il bancone: «Non è sbagliato avere un vino preferito».

Lui la fissa.

Lei alza il mento. «Una volta che qualcosa mi piace, mi piace per sempre.»

Un lento sorriso sexy trasforma Drew da leggermente inquietante in sexy da morire. Lo noto perfino io dall'altra parte della stanza. Audrey apre le labbra, rossa in volto.

C'è qualcosa in ballo qui, un sottinteso che non capisco.

Audrey prende il bicchiere e beve un piccolo sorso con un'espressione piacevole sul volto, come se volesse dimostrare che le piace davvero il pinot grigio.

«Come fa a sapere che cosa stiamo bevendo?» le chiedo.

Lei sussulta, appoggiando con un tonfo il bicchiere sul bancone. «Uh? Cosa?»

«Ho detto: come fa a sapere che cosa stiamo bevendo?»

Audrey tiene la voce bassa. «Sa che cosa bevo perché dice che sono prevedibile. Traduzione: noiosa.»

«Scortese.»

«Già.»

Mi chino verso di lei e sussurro: «Comunque, dal sorriso che ti ha rivolto sembrerebbe che ci sia qualcosa tra di voi. O almeno del potenziale?».

Audrey mi risponde sussurrando: «Ha sorriso solo perché stava ricordando che avevo una cotta per lui quando ero un'adolescente. Mi prende in giro, come se mi piacesse ancora».

«Ed è così?»

«Mi è passata.»

«Magari è lo stesso per lui. Magari ci stava provando con te.»

Audrey sbuffa. «No. Sono sicura che non sia così, e va bene perché a me è passata. Non ci penso più. Non penso più a lui.»

«Perché sei così sicura di non piacergli?»

Lei stringe le labbra. «Non ne voglio parlare.»

«Okay.»

Lei sussurra ferocemente: «È già abbastanza imbarazzante il fatto che gli scrivessi come se fosse il mio diario quando era in missione. E-mail mielose piene di punti esclamativi ed emoji. Immagina me, adolescente, che manda e-mail quotidiane al soldato delle Forze Speciali in zona di guerra».

Faccio una smorfia. Grazie al cielo non ci sono prove della mia cotta adolescenziale non corrisposta. Aveva tre anni più di me e non sapeva nemmeno che esistessi.

Audrey scuote la testa, fissando il bar, e parla a voce bassissima, quasi inudibile. «Non me la toglierò mai di dosso. La mia unica consolazione è che dopo tutti questi anni non ha più queste e-mail da gettarmi in faccia.»

«Oh, non penso che lo farebbe.» Cerco di dare un'interpretazione positiva per diminuire il suo imbarazzo. «Probabilmente lo rallegrava leggere le tue e-mail.»

Audrey si scola il vino, dando un'occhiata furtiva a Drew. Sbircio anch'io. Sembra preso dalla partita. Non aveva ordinato né da bere né da mangiare. Non ha un televisore a casa sua?

Audrey ha il collo e la faccia arrossati. Sto morendo dalla voglia di sapere perché è così sicura di non piacergli, ma ha detto che non ne vuole parlare e non la conosco abbastanza da insistere.

«A te piace ancora, giusto?» le chiedo. «Sembra una brava persona.»

«Siamo ancora amici» dice pacatamente. «Mi ha chiesto se avremmo potuto essere amici e ho accettato.»

«Davvero?» *Oh, la famosa friendzone. Non mi meraviglia che sia incazzata.*

«Sì, già. Siamo praticamente cresciuti insieme dato che sono molto amica di Sydney, viviamo nella stessa città...»

«Okay, puoi dirmi di chiudere il becco, ma mi sembra che il modo migliore di cancellare ricordi imbarazzanti sia sostituirli con momenti migliori. Se siete veramente amici, perché non fare in modo che ti conosca adesso? Potresti parlargli del tuo libro.»

«Oh no!»

«Giusto.» Alzò il bicchiere. «Al diavolo gli uomini.» Mi passa per la mente in un lampo lo sguardo ardente di Spencer e respingo spietatamente quel ricordo.

«Giusto» dice piano Audrey, con lo sguardo che si attarda sopra la mia spalla.

Mi volto e vedo il profilo arruffato di un uomo concentrato sulla partita. Davvero?

5

Spencer

Non sto correndo dietro a Paige. È roba da disperati, cosa che io *non* sono.

Ci ho pensato a fondo e a lungo e Audrey, semplicemente, non sarà una buona sostituta come compagna di Paige in questa particolare situazione. E non è una questione di sentimenti per Paige. L'onore mi impone di farmi avanti. Ehi, l'ho vista piangere per il suo ex e sua sorella Kayla mi ha raccontato tutti i particolari. Kayla faceva la cameriera all'Horseman Inn, dove lavoro (una cameriera terribile, ma talmente adorabile che a nessuno importava dei suoi errori).

Comunque, Kayla è la classica chiacchierona e mi ha detto che l'ex di Paige, Noah, era un donnaiolo arrogante che Paige aveva creduto essere semplicemente e ammirabilmente un uomo sicuro di sé. Era convinta che si fosse ravveduto quando si era innamorato di lei, come dimostrato dal fatto che le aveva chiesto di sposarla. Notizia flash: la gente non cambia. Chiaramente devo vendicare il suo onore. Ha subìto un torto e posso raddrizzare le cose.

È sabato e mi sto occupando del catering per un matrimonio "fuga d'amore". Sono in cucina e tengo d'occhio Paige sul patio, aspettando il momento giusto. Il sole brilla sui suoi capelli castani ondulati, evidenziando ciocche più chiare che mi ricordano il caramello. Dovrebbe occuparsene Brooke oggi, ma Paige non resiste a controllare come procede il matrimonio. Sempre il capo, quella. Immagino che dipenda dal fatto di essere la sorella maggiore. Io sono figlio unico.

Si sposta con la sua camicetta a fiori con il collo a V e pantaloni aderenti blu scuro, la figura voluttuosa mi fa scorrere forte il sangue nelle vene. Volta la testa verso la finestra della cucina e io mi affretto a tornare alla mia insalata alla caprese. Che cosa sto aspettando? Dovrei semplicemente uscire e dirle che cosa succederà. Audrey non è il tipo di munizione giusta di cui Paige ha bisogno per la situazione in cui si è trovata. Deve pensare in modo strategico e obliterare la concorrenza. Io posso fare in modo che il suo ex rimpianga di averla persa. Posso rendere la vendetta epica, se ne avrò la possibilità.

Brooke si precipita dentro, sorprendendomi. Ero troppo concentrato a guardare sua sorella per notarla. Ha i capelli scuri raccolti in uno chignon e le guance rosee. «Ciao! Cominciamo tra cinque minuti, volevo solo controllare come sta andando qui. Il menu è a posto?»

«Va tutto bene. Le ciliegie sembravano belle questa mattina quindi ho aggiunto delle crostatine alla ciliegia al menu del dessert, insieme alla torta nuziale al cocco.»

Lei sorride entusiasta. «Perfetto! Non vedo l'ora di assaggiarne una. Vado a dire alla sposa che siamo pronti.»

Annuisco e torno al lavoro. Brooke è dolce quasi quanto Kayla. Non so dove fosse Paige quando hanno distribuito i geni della dolcezza in quella famiglia. Ovviamente il fratello maggiore, Wyatt, non è dolce. Piuttosto un burbero so-tutto-io ma, ehi, se l'è guadagnato. Miliardario tecnologico prima di compiere trent'anni. Deve sapere il fatto suo.

Che cos'ha Paige che mi irrita? Metà del tempo vorrei strozzarla. Cerco di non pensare a quello che vorrei fare l'altra metà del tempo. Non sarebbe professionale. È una cliente importante. E anche se l'ho baciata... Stavo solo dimostrando che avevo ragione, che nessuno avrebbe creduto che siamo una coppia. E poi quel bacio... Un incendio. Fare qualcosa al riguardo adesso è un pensiero fisso: dare un seguito a quell'incendio.

La parte più saggia di me dice di non lasciarmi coinvolgere. Siamo sinceri: una volta passato il folle desiderio iniziale torneremmo immediatamente a battagliare.

Non avrei mai pensato che suggerisse una notte insieme. Nella foga del momento avevo accettato e, adesso che non se ne fa più niente, lo desidero ancora di più.

No, devo dimenticare i miei istinti più bassi e fare il mio dovere. Paige ha bisogno di me.

Controllo i miei due assistenti che stanno preparando delle mini-quiche come antipasto. Poi potrò cominciare a preparare nuvole di gambero. Il catering per le fughe d'amore e matrimoni intimi è piuttosto facile. Più che altro antipasti, insalate e dessert. Non c'è una folla da nutrire. Tutti vogliono solo mangiare qualcosina, ballare ed essere allegri.

Brooke passa con la giovane sposa dai capelli rossi e un semplice abito di cotone bianco ricamato con dei fiori bianchi. Ha una coroncina di fiori in testa e un velo trasparente. C'è qualcosa di carino nella semplicità del suo abbigliamento. Un matrimonio all'aperto sotto una pergola di fiori bianchi. Romantico. Non è una parola che abbia mai pronunciato in vita mia, ma vedo come sia adatta a questa situazione.

La sposa si dirige lentamente verso lo sposo che l'aspetta sotto la pergola. Esco sul terrazzo e vado verso i gradini del patio da dove Paige supervisiona da lontano. È il momento di dispiegare il fascino dei Wolf. Paige è così presa dalla cerimonia che non mi nota quando mi avvicino.

Le parlo all'orecchio a voce bassa. «Salve, futura moglie.»

Lei sobbalza, coprendosi il cuore con una mano. «Mi hai spaventata» sibila.

Nascondo un sorriso e resto concentrato sull'affascinarla. «So che avevi paura. Ti sei innervosita pensando al nostro matrimonio.»

Lei aggrotta le sopracciglia sopra gli occhi marrone chiaro. Occhi del colore del whisky. «Sei fatto?»

«Ci ho pensato e penso che la cura sia semplicemente farlo.»

«Di che diavolo stai parlando?»

È ora di passare alle munizioni di grande calibro. «Devi far rimpiangere a Noah di averti lasciato. E per questo Audrey non ti servirà.» Tolgo dal taschino una fede d'oro. Già, mi sono preparato per il nostro finto matrimonio.

Paige resta a bocca aperta.

Le prendo le mani e ascolto i voti matrimoniali che si stanno scambiando adesso gli sposi. Poi sussurro insieme a loro: «Paige Winters, prometti di amare e onorare Spencer Wolf per il resto della nostra finta vita matrimoniale?».

Paige sbatte un paio di volte le palpebre e fissa la mia mano che tiene la sua. Finalmente alza gli occhi e mi fissa. «Dov'è la fregatura?»

«Nessuna fregatura. Mi dovrai semplicemente un favore che mi restituirai in seguito. Nel frattempo, mostrerò a Noah che sei la moglie dei miei sogni.»

«Sì» dice lei con la voce sospirosa. «Facciamolo.»

Le infilo la fede d'oro al dito e le do un altro anello da dare a me.

Lei si volta a guardare il matrimonio, con i voti veramente lunghissimi che ha scritto la sposa. Ha in mano diversi fogli. Poveretto lo sposo, che si è limitato ai voti semplici pronunciati dal sindaco.

Paige si tuffa nella sua versione. «Spencer Wolf, prometti di restare fedele a Paige Winters e non lasciarla mai per l'intera cerimonia e il ricevimento successivo ed essere il perfetto, devoto finto marito?».

«Sì.» Sento una sensazione di disagio percorrermi la schiena. Non ho mai pronunciato voti simili in vita mai e mi sembrano stranamente come un vero impegno. Ironico perché non ho mai avuto una relazione che durasse più di un mese.

Paige mi infila l'anello al dito e sorride. Il mio cuore batte un po' più forte. Quel sorriso la fa sembrare quasi angelica, più simile al tipo di donna che scelgo di solito.

Lei ammira la fede d'oro che ha al dito e mi guarda con

una nuova espressione di apprezzamento negli occhi. «Audrey sarà così delusa. Le piaceva l'idea della finta gravidanza di cui avevi parlato e voleva essere quella incinta.»

«Audrey non persuaderebbe nessuno, anche se è carino da parte sua volerti aiutare. Non hai bisogno di una persona gentile in questa occasione. Hai bisogno di me.»

Paige tende la mano, muovendola in modo che l'anello d'oro colga la luce del sole. «Dove li hai presi? Sembrano veri anelli d'oro.»

Uh, in gioielleria, ovviamente, che domanda!

«Dove si prendono gli anelli d'oro di solito? Ho scavato in un paio di vecchie tombe e li ho tolti ai corpi in decomposizione.»

I suoi occhi scintillano divertiti. «Per me?»

Nascondo una risata. «Ovviamente.»

«Non riesco a credere che tu ci stia, dopo...»

La interrompo prima che possa ricordarmi quanto litighiamo di solito. Sto cercando di fare la cosa giusta. «Che cosa avrei dovuto fare, lasciarti andare a quel matrimonio come un agnello al macello? Ho visto la tua faccia piangente.»

Paige si mette in punta di piedi e mi bacia la guancia appena sopra la barba corta, dove posso sentire il suo calore. Sento un formicolio. «Chi poteva pensare che ti trasformassi nel Principe Azzurro?»

Infilo un dito nel passante dei suoi pantaloni, tirandola vicina. «Continua a pensarlo quando verrò a riscuotere il favore.»

I suoi occhi scintillano di allegria. «So già che cosa farò per te.»

La mia mente si riempie immediatamente di pensieri impuri. Prima che possa fissarmi su quello preferito lei continua: «È una sorpresa ma penso che ti piacerà. Sto cominciando a capire quali sono le tue motivazioni».

«Il dominio del mondo?»

Lei mi rivolge un'occhiata sarcastica. «Capisco l'ambizione. Anch'io sono ambiziosa.»

La sposa fa un urletto di felicità, getta le mani al collo

dello sposo e si baciano appassionatamente. Brooke applaude, insieme al sindaco Levi Appleton. È uno scapolo più o meno della mia età, capelli scuri lunghetti e barba, in un abito grigio scuro. Devono pagarlo bene, altrimenti non capisco come faccia a sopportare di officiare questi noiosi matrimoni. *Voto, voto, bacia la sposa, blah, blah, blah.* Sono un vero romantico...

Osservo Paige che si avvicina a loro, con i fianchi che ondeggiano nei pantaloni aderenti. Accidenti, avrei dovuto tenere duro e insistere per una luna di miele.

Paige

Tre settimane dopo sono riuscita a non litigare con Spencer mantenendo le conversazioni brevi e mirate. Perfino Brooke ha notato come siamo stati educati l'uno con l'altra. Il mio nervosismo è peggiorato giorno dopo giorno? Sì. Ha un'espressione decisamente vogliosa ogni volta che ci vediamo? Credo di sì.

Sospetto che stia immaginando la luna di miele di una notte, che giuro, è stata un'idea sua e non mia. Comunque, non ci ho più pensato. Davvero, ho cose molto più importanti in mente riguardo al matrimonio del mio ex, come promuovere la locanda e dimostrare a Noah che me la cavo meglio senza di lui nella mia vita.

Spiego il cambiamento ad Audrey, che ha appoggiato la mia decisione di andare con Spencer ma che è un po' preoccupata perché, beh, non è tipo da relazioni serie. Non vuole che venga risucchiata dal suo fascino al matrimonio, situazione che può sempre far diventare vulnerabile una donna che è stata troppe volte una damigella e farle prendere decisioni sbagliate. Prova numero uno: le mie passate avventurette con i testimoni.

E, ovviamente, ultimamente sono molto emotiva. Lo so, lo so, sembra tutto indicare un disastro imminente, ma se reciterò bene la mia parte potrebbe significare molto per la locanda. Teniamo gli occhi fissi sul premio.

Oggi è il giorno. Quasi non mangio nulla da due giorni, ma, gente, ho fatto il mio sonno di bellezza. Mi sono assicurata di andare a letto un'ora prima ogni sera questa settimana e fare un pisolino ogni pomeriggio. Sto puntando al look fresco della gioventù che ho sprecato con Noah. Adesso ho trent'anni e devo lavorare per ottenerlo. Almeno oggi ce l'ho fatta.

Ho passato ore a prepararmi, sono perfino andata dal parrucchiere per un taglio e la piega. Il trucco è perfetto. Indosso un abitino nero nuovo e sexy, con la schiena nuda, scarpe col tacco alto e il cinturino, la fede nuziale al dito. Posso riuscire a sembrare la moglie di Spencer? *Ahh!*

Cammino avanti e indietro nel mio appartamento. *È una recita. Sei una donna sicura di sé, di successo e felicemente sposata. Questo matrimonio non ti tocca per niente. Sei qui per dimostrarlo a tutti, specialmente a Noah.*

Mi fermo e sospiro. Non smetto quasi mai di pensare alla pressione finanziaria che sto subendo come nuova proprietaria di una locanda. Questa è un'occasione d'oro per riempirla di clienti. Ci sarà gente influente a questo matrimonio oltre al proprietario di una società multimediale. L'estate è la mia occasione migliore per portare in utile la locanda.

Il mio telefono vibra per l'arrivo di un messaggio.

Spencer: *Sono qui. Che lo show cominci.*

Giusto. *Lo show.* Mi do un'ultima occhiata allo specchio e mi affretto a uscire. Visto, non è nemmeno un vero appuntamento. Se lo fosse, Spencer avrebbe fatto i pochi passi necessari a bussare alla porta della locanda. Invece ha aspettato in auto. Mio fratello Wyatt ha sempre detto che se a un uomo piaci, farà quei pochi passi in più.

Scendo con calma, sforzandomi di mantenere il respiro calmo e regolare. Non che segua sempre i consigli di Wyatt, ma normalmente ha ragione quando si parla di uomini e dice che le loro azioni sono più importanti delle loro parole.

Esco e mi manca il fiato.

Spencer ha uno smoking nero ed è appoggiato a una limousine argento. In mano ha un mazzo di rose rosse.

Sbatto rapidamente le palpebre, quasi non credendo ai miei occhi. Il mio cuore salta un battito.

Lui si raddrizza e mi rivolge un sorriso sexy. «Stai benissimo, moglie.»

Mi avvicino, senza fiato e un po' stordita per questo evento inaspettato. Sembra che non riesca a trovare la voce. Spencer mi consegna i fiori e mi bacia la guancia, scaldandola.

«Grazie» riesco a dire. *Qualcuno sta finalmente trovando il tempo di fare il romantico con me!* Ed è Spencer, il mio irritante chef. Non avrei mai pensato che ne fosse capace.

Mi apre la portiera della limousine.

«È una tale sorpresa.» Eufemismo. Sono KO, non so più dove sono.

Spencer mi alza il mento, guardandomi negli occhi. «È ovvio che farei di tutto per la mia mogliettina. Siamo ancora nella fase della luna di miele, bellezza, e io sono l'uomo più fortunato al mondo.»

D'impulso lo abbraccio, con le lacrime agli occhi. Poi mi sistemo sul sedile posteriore, dove c'è lo champagne in ghiaccio. Guardo verso l'autista per salutarlo, ma il divisorio è alzato e riesco solo a vedere l'ombra di un uomo con i capelli tagliati corti. In sottofondo c'è della musica jazz.

Spencer mi raggiunge un momento dopo e la sua figura imponente sembra togliere tutta l'aria dallo spazio.

Mi volto verso di lui. «Grazie. Penso di essere sotto shock.»

Lui alza un angolo della bocca. «In questo modo possiamo rilassarci, bere se ci va, e non preoccuparci di dover guidare. Inoltre ci darà del tempo per concordare una versione comune.»

La limousine imbocca la strada e comincia il mio viaggio come finta moglie di Spencer.

«Champagne?» mi chiede.

Penso che questa faccenda mi piacerà molto più di quanto pensassi.

Quando la limousine arriva alla chiesa in centro città, sono in braccio a Spencer, su di giri per lo champagne, e sto passandogli le dita sulla barba corta. Se l'è fatta crescere su mia richiesta ed è *coooosì* sexy.

Lui mi infila una ciocca di capelli dietro l'orecchio. «È un bene che ti senta a tuo agio toccandomi. È più convincente per una coppia sposata.»

In qualche modo non sembra che lo champagne lo influenzi come ha fatto con me. Sembra il solito Spencer, non è super felice come me. La voce è un pochino più roca, ma non credo che lo champagne abbia quell'effetto, altrimenti lo sarebbe anche la mia. Perché mi preoccupavo tanto per oggi? Sarà tutto facile.

«Dovresti chiamarmi Paige» sussurro, nel caso in cui l'autista possa sentirci complottare. «Non dire moglie perché sembra troppo formale. La gente potrebbe non crederci.»

«Le nostre fedi d'oro diranno loro tutto quello che hanno bisogno di sapere. Ricorda, ci siamo conosciuti nella tua favolosa locanda, dove sono stato il consulente per il menu delle colazioni.»

«Che è la realtà!»

«E poi abbiamo cenato nel mio rinomato ristorante e da allora non ci siamo più lasciati. Per quanto siamo stati insieme prima di sposarci?»

«Mmm, non molto. Ci siamo sposati tre settimane fa ed è divertente perché è esattamente quando ci siamo scambiati quei falsi voti nuziali.»

«È il motivo per cui ho scelto quella data. Per quanto ci siamo frequentati prima di allora?»

«Non sapevo che ci sarebbe stato un quiz.» Mi mordo il labbro, cercando di ricordare. «Dev'essere stato quest'anno dato che ho comprato in gennaio la fattoria che poi è diventata la locanda.»

Spencer mi pizzica il mento, riportando il mio sguardo su di lui. I suoi occhi azzurri mi ricordano il cielo in un giorno d'estate. «Aprile. Quindi siamo insieme da quattro mesi in tutto e felicemente sposati da tre settimane. Aspetteremo la fine dell'alta stagione estiva per la luna di miele, poi faremo un tour culinario in Europa.»

Sorrido. «Perché sei uno chef. E perché ci amiamo tanto.»

Spencer mi bacia, un bacio tenero che sembra vero, come se forse mi amasse. Mi sento invadere dal calore fissando i suoi occhi azzurri. Questa finta relazione sembra così vera, intima. Sento un campanello d'allarme. Devo ricordarmi che oggi stiamo solo fingendo. Ma Spencer è inaspettatamente un attore fantastico.

Faccio scorrere le dita sui capelli corti alla nuca. «Difficile credere che una volta pensavi che nessuno potesse crederci una coppia.»

«Mmm» risponde Spencer, restando sul vago.

«Un bacio ha aperto la porta...» Mi zittisco bruscamente quando si apre la portiera, sorprendendomi. Il nostro autista è sul marciapiede e ci aspetta. Siamo rimasti seduti troppo a lungo.

Scendo goffamente dalle gambe di Spencer, col vestito che risale verso i fianchi. Poi resto in piedi sul marciapiede, lisciandomi l'abitino nero mentre Spencer dà all'autista le indicazioni per arrivare all'albergo a qualche isolato da qui, dove si terrà il ricevimento.

L'autista annuisce e torna al posto di guida per andare a parcheggiare da qualche parte.

Spencer tende il gomito verso di me e io lo prendo a braccetto, improvvisamente un po' stordita. Sono i nervi, aver saltato il pranzo o lo champagne? Sì a tutte e tre le alternative.

Andiamo verso i gradini della chiesa. Sento le gambe che tremano, sudo freddo. *Sei arrivata fino a qui. Va tutto bene.*

«Paige, stai bene?»

Un passo dopo l'altro. «Un po' scossa. Mi passerà.»

«Hai mangiato qualcosa oggi?»

«Il matrimonio è alle cinque. Ho pensato che ci sarebbe stata la cena dopo, al ricevimento.»

«Colazione? Pranzo?»

Continua a camminare. Ce la puoi fare. «Sì, ho fatto colazione. Due bocconi di pane tostato. Poi ho dovuto prepararmi.»

Spencer mi mette la mano sulla schiena nuda, un tocco bollente, mentre saliamo i gradini della chiesa. Qualche altra coppia ci supera mentre saliamo. Credo di conoscere la donna con l'abito viola.

«Perché solo due bocconi?» mi chiede.

«Te l'ho detto, dovevo prepararmi.» *Entriamo, ti sentirai meglio una volta seduta.*

Spencer si ferma di colpo, parlandomi piano all'orecchio. «Se avessi saputo che non avevi quasi mangiato avrei portato qualcosa da mangiare nella limousine. Come ti senti?»

Mi appiccico un sorriso sul volto. «Starò bene quando saremo dentro.»

«Pit stop.»

Mi volta e torniamo da dove siamo venuti, poi proseguiamo per un altro isolato finché arriviamo a un camioncino che vende falafel e gyros.

Spencer ordina un gyros mentre io fisso la carne che gira sullo spiedo con lo stomaco che brontola. Mi piacciono i gyros. Dopo aver pagato, Spencer me lo passa. «Mia moglie non apparirà ubriaca fradicia a un matrimonio in chiesa.»

«Non sono ubriaca. Ho solo finito la benzina» Do un morso alla pita calda, carne di qualche tipo e una deliziosa salsa allo yogurt. Parlo continuando a masticare: «E se non fossimo a un matrimonio in chiesa? Allora sarebbe okay se tua moglie si presentasse ubriaca fradicia? Diciamo a una cerimonia in municipio».

Lui mi bacia la fronte. «Non entreremo finché non ne avrai mangiato almeno metà.»

Gli offro un morso.

Lui scuote la testa. «Ho mangiato poco prima che partissimo.»

«Ci perdi tu» gli dico cantilenando, mangiando un altro boccone.

Spencer sorride. «Almeno ti piace mangiare. E sembra che tu non sia molto schizzinosa.»

«Mi piace mangiare. Di tutto.»

Ci allontaniamo un po' quando altra gente si mette in fila davanti al camioncino. «La moglie ideale per uno chef.»

Sento una fitta di entusiasmo, anche se so che sta solo recitando il ruolo di finto marito. Mangio un altro boccone e la salsa fuoriesce da un angolo della bocca. Tento di leccarla. Spencer prende un tovagliolino e mi pulisce lui.

«Grazie» dico masticando allegramente. «Sai chi sarebbe un marito ideale per un'albergatrice di successo?»

«Chi?» chiede Spencer stando al gioco.

«Un tipo forte e silenzioso che sa che comando io.»

«Mmm, non preferiresti qualcuno che possa competere con te?»

Rido. «Nessuno può competere con me, tranne forse Wyatt e, per ovvie ragioni, è escluso come marito. Ti ho mai detto che i miei genitori erano, cioè sono, professori? Cioè, uno lo era e una lo è ancora adesso.»

«Sì, lo hai menzionato mentre ti confessavi in grembo a me» dice, in tono divertito.

Per un momento vado nel panico, temendo di aver rivelato troppo durante il viaggio con lo champagne, ma non ho segreti inconfessabili, quindi sono piuttosto sicura che vada tutto bene.

Alzo la testa. «È vero.»

«Non dubito mai di una confessione fatta in grembo.»

Gli do un'occhiata di traverso. «Ti stai prendendo gioco di me?»

«Prendo molto sul serio le confessioni fatte in grembo.»

Non sta sorridendo o ridendo, quindi continuo. «Beh, mia madre è ancora una professoressa di Storia. Papà è morto, ma era un brillante professore di Matematica. Mi ha insegnato il calcolo quando ero alle medie e conoscevo la Storia Classica grazie a mia madre fin da quando ero alle elementari. Dai, interrogami.»

«Raccontami la storia di New York City.»

«Non è storia classica. Ma è stata fondata dagli olandesi.» Indico intorno a noi. «Una volta qui era tutto terreno agricolo.

Difficile da immaginare con tutto il cemento e gli edifici, vero?» Do un altro morso al gyros e mi rendo conto di averne già mangiato metà. Aveva detto che avrei dovuto mangiarne metà. Lo indico. È possibile che ci stiamo perdendo il matrimonio restando qui a chiacchierare di Storia.

«Puoi finirlo, se vuoi.»

«Penso proprio che lo farò.» Mangio un altro boccone.

Spencer mi guarda mangiare per qualche momento prima di dire: «Sai, ci sono quelli che hanno imparato dai libri e quelli che hanno imparato dalla vita. Sospetto che tu sia tra quelli che hanno imparato dai libri».

«Ho imparato da entrambe le cose» dico masticando il gyros.

Spencer mi porge una bottiglietta d'acqua. Non mi ero nemmeno accorta che l'avesse comprata.

«Grazie!» Alzo una mano per aprire la bottiglia ma è coperta di salsa. «Potresti aprirmela?»

Lui me la apre e me la porge, usando un tovagliolo per pulirmi la mano. «Non posso permettere che mia moglie vada in giro con la salsa sul vestito.»

Sento un'ondata di vero affetto. Lo abbraccerei se non avessi in mano un gyros e una bottiglia d'acqua. «Sei un favoloso finto marito.»

«Non ti piacerebbe veramente il tipo forte e silenzioso.»

«Chi lo dice?»

«Tu parli troppo. Ti farebbe impazzire non ricevere risposte.»

«Kayla ha sposato un tipo forte e silenzioso e lei potrebbe farti cadere le orecchie a furia di chiacchiere.»

«Kayla è molto più dolce di te. Probabilmente trova il silenzio tranquillizzante e armonioso. Tu impazziresti.»

Lo guardo con gli occhi stretti. «Che cosa ti fa pensare di conoscermi così bene?»

Lui sorride. «Intendi dire oltre a quello che mi hai detto rannicchiata in grembo a me?»

«Non è vero» rispondo irritata. «Non siamo nemmeno arrivati ai miei anni al college.»

Mi accarezza la guancia col pollice in un gesto sorprendentemente tenero, guardandomi dolcemente. Sembra quasi che gli piaccia davvero, che non stia solo fingendo. La sua voce è come seta. «Ti conosco perché sono come te.»

Adesso so che mi sta prendendo in giro. Spencer e io NON siamo simili. Non abbiamo niente in comune. Lui è un donnaiolo impenitente e io sono l'esatto opposto, un tipo monogamo, caloroso e terra terra.

«Perché mi stai guardando così?» mi chiede divertito. Oggi si sta divertendo troppo a mie spese.

«Scusami mentre finisco il gyros» dico impertinentemente, senza degnare di un commento la sua ridicola dichiarazione. Anche se è ovvio a chiunque ci abbia mai conosciuto che ci sono *enormi* differenze. Aspettate che riferisca a Brooke il suo commento. Oh, gente, se la farà addosso per le risate.

Spencer mi guarda mentre mastico allegramente. Immagino che agli chef piaccia veramente guardare la gente che mangia.

«Paige, detesto fartelo notare, ma non credo che tu e io la avremo finita dopo questo appuntamento.»

Deglutisco talmente forte che si sente, quasi strozzandomi con il cibo.

Lui sorride. «Mi piace troppo guardarti mangiare. Devo cucinare per te.»

Rido e prendo un tovagliolino dalla pila che ha in mano, pulendomi la bocca. «Lo spettacolo è finito. Come sto?»

«Come una donna sul punto di vendicarsi alla grande del suo ex: arrivando con me.»

Scuoto la testa con un sorriso riluttante sulle labbra. Mi sento molto meglio adesso e Spencer è stato sorprendentemente amabile, il che aiuta. Comunque devo tenerlo al suo posto, altrimenti mi metterà i piedi in testa. «Spencer.»

«Sì, Paige?»

Gli ficco un dito nel petto. «L'arroganza non è una caratteristica attraente.»

«Non lo è nemmeno l'ubriachezza.»

«Ti ho detto che non ero ubriaca. Solo un pochino stordita

per via dello stomaco vuoto. Inoltre sei stato tu a offrirmi lo champagne.»

«Te l'ho versato in gola?»

Sorrido. «No, hai usato una flûte di plastica e l'ho apprezzato.»

Getto l'incarto nel cestino, mi pulisco un'ultima volta le mani e la faccia con un tovagliolino che mi porge Spencer, getto anche quello e vado da lui.

Lo prendo a braccetto e torniamo verso la chiesa. *Seconda ripresa.* Sono riposata, nutrita e completamente rilassata al braccio del mio devoto marito. Devoto almeno per oggi. Domani tornerà a essere l'uomo fastidioso che è veramente.

O forse Spencer è così quando si interessa a qualcuno?

È troppo bello per pormi domande. Stasera permetterò semplicemente alla sua adorazione di continuare. La sua adorazione per me, cioè. Conosco le regole.

6

———

Spencer

Ho fatto il meglio che potevo per fingerci una coppia di sposini. Il resto si vedrà. Paige è seduta rigida, con un'espressione piacevole appiccicata sul volto mentre davanti a noi pronunciano voti smielati. Abbiamo trovato un posto in fondo alla chiesa e ci siamo felicemente persi il noioso sermone. Guardo la bocca serrata e mi meraviglio della forza che ci deve volere per guardare qualcuno che una volta pensavi ti sarebbe rimasto accanto per sempre sposare un'altra. Paige si è rannicchiata in grembo a me e ha condiviso un po' di cose. Sapevo che era lo champagne che parlava, ma non avevo nessuna intenzione di spingerla via.

Comunque, adesso è vulnerabile. È dove intervengo io, per proteggere il suo lato vulnerabile. Purché riusciamo ad arrivare in fondo al ricevimento senza litigare, tutto andrà come deve. Farò del mio meglio, anche se significherà una quantità sovrumana di buona volontà e pazienza. Ah. Sinceramente, finora mi è piaciuto il tempo passato insieme.

La cerimonia finisce e tutti applaudono e si rallegrano. Paige espira bruscamente, stringendomi forte la mano e alzandosi in piedi come il resto della congregazione.

La sposa e lo sposo percorrono la navata, tenendosi per

mano e sorridendo. La sposa è una bionda con i capelli lunghi dall'aspetto vivace, probabilmente poco più che ventenne e lo sposo, oltre la trentina, è uno stronzo compiaciuto con i capelli corti e scuri. Probabilmente con un taglio di capelli da trecento dollari e il Botox. La sua faccia è liscia e stranamente immobile.

«Congratulazioni» esclama Paige, attirando audacemente l'attenzione sul fatto che si è fatta viva.

Noah si volta verso di lei, dicendo eccitato: «Paige, sei qui!».

La sposa stringe gli occhi e gli dà uno strattone perché continui a camminare lungo la navata. Sono d'accordo con la sposa. Noah sembrava un po' troppo contento di vedere Paige. Forse l'invito non serviva a dimostrare a Paige che, dopotutto, poteva impegnarsi dopo che lei gli aveva detto che sarebbe finito per morire da solo. Invece poteva avere sinceramente voglia di vederla.

Paige si volta a guardarmi. «Noah non aveva un bell'aspetto, vero? Piuttosto spento con le borse sotto gli occhi.»

Decisamente non aveva le borse sotto gli occhi. E la pelle sembrava tirata sul viso.

«Definisci spento» dico raggiungendo la folla che sta uscendo.

Paige si appende al mio braccio e sussurra un po' troppo forte. «Sai, come se fosse stato malato di recente. Un colorito un po' giallastro. Forse è il fegato. E i capelli sono troppo corti. Una volta aveva onde folte, adesso sono così corti che sembrano diritti con solo qualche spuntone in cima.»

«Non si può certamente paragonare a tuo marito.»

«Ah!»

Qualcuno ci guarda sentendo quell'esclamazione. Paige è piuttosto tesa. Riusciamo a uscire senza incidenti.

Paige ha gli occhi incollati alla coppia felice che accetta le congratulazioni dalla gente allineata fuori. Sto per chiederle se vuole evitare la fila quando mi afferra la mano e mi tira lì. Okay, quindi faremo ufficialmente le nostre congratulazioni.

Paige sta borbottando tra sé e sé. Mi chino verso di lei e la sento dire: «Felicemente sposati da tre settimane».

Sta provando la nostra storia.

Le stringo la mano. «Nessuno ti farà domande in questo momento. Calmati.»

«Sono calma!»

Qualche testa si volta a guardare chi sta parlando a voce così alta.

«Ciao Mitzi, ciao Ford» dice Paige sorridendo alla coppia che la sta fissando.

«Ciao» risponde freddamente Mitzi.

La coppia sembra quasi aristocratica con i capelli perfetti, vestiti firmati e sorrisi blandi. Alta società. Si scambiano un'occhiata prima di voltarsi. Probabilmente sono sorpresi di vedere qui Paige.

Adesso siamo quasi vicini agli sposi. La stretta di Paige sulla mia mano diventa feroce. Non credo che se ne stia accorgendo.

«Quelli sono gli amici snob che ti hanno scaricato dopo la rottura?» chiedo sottovoce. «Stai meglio senza di loro.»

«Non avevo detto che mi piace il tipo forte e silenzioso?»

«È il tuo modo di dirmi di chiudere il becco?»

Lei sorride appena e sibila: «Smettila di discutere con me. Siamo felicemente sposati da tre settimane».

Le bacio la guancia. «La mia mogliettina adorata.»

Le sue guance si arrossano. «Non vedo l'ora che cominci il nostro tour culinario in Europa!» E poi è il nostro turno. «Noah, è così bello vederti. Congratulazioni. Questo è mio marito, Spencer Wolf. Spencer, ti presento Noah.»

Parla la sposa: «Grazie a entrambi per essere venuti».

«Questa è Bianca» dice distrattamente Noah, con gli occhi ancora fissi su Paige. «È passato troppo tempo. Non sapevo che ti fossi sposata.»

Paige solleva la mano con la fede nuziale. «Da tre settimane. È ancora lucida e brillante. Stavamo giusto parlando della luna di miele. La faremo dopo la stagione estiva della mia nuova locanda. Ancora congratulazioni!»

E va avanti, portandomi con sé.

Facciamo qualche passo e poi lei mi mette le braccia intorno alla vita. L'abbraccio anch'io come un bravo finto marito e poi le metto il braccio sulle spalle, guidandola via. Noto lo sguardo di Noah che la segue. Peccato, stronzo. Hai perso una donna meravigliosa.

Abbasso gli occhi su Paige. «Vuoi arrivare a piedi al ricevimento o andiamo in auto? Posso richiamare il nostro autista.»

Lei mi sorride. «Mi piacerebbe andare a piedi ma le mie scarpe non sono fatte esattamente per... Ah!»

Le sorrido, in braccio a me. Esatto. L'ho presa in braccio. «Così va meglio?»

Lei nasconde la faccia contro il mio petto. «Non riesco a credere che mi hai preso in braccio.»

Comincio a camminare. Ci sono tre isolati per arrivare all'albergo. C'è poca gente sul marciapiede, quindi è facile.

Lei ridacchia. «Lo hanno visto tutti, vero?»

«Presumo che il tuo urletto abbia attirato l'attenzione, ma poi si sono resi conto che era solo tuo marito che ti prendeva in braccio.»

«Sembra così romantico.»

«Ti avevo detto che ero l'alternativa migliore per il tuo appuntamento. Seriamente parlando, Audrey sarebbe riuscita a farlo?»

Paige ride e mi accarezza il petto. «Sei così caldo.»

«È perché sto facendo un bell'esercizio, portando in braccio una donna per strada sotto il sole di luglio.»

Lei mi schiaffeggia il petto. «Okay, mettimi giù. Capisco l'antifona. Mi toglierò le scarpe e camminerò a piedi nudi.»

«Sei pazza? I marciapiedi sono abbastanza caldi da friggere le uova.»

Lei sospira. «Allora credo che dovrò restare così.»

«In effetti sei più leggera di quanto sembri.»

«Spencer! È un insulto velato da un complimento.»

«Che c'è? Hai un mucchio di capelli e gli zigomi larghi. Sembrava semplicemente che avessi più massa.»

«Massa! Basta. Mettimi giù.» Si dimena e rafforzo la presa. «Mettimi giù!»

«Shh, adesso stai attirando l'attenzione sbagliata. Hai dimenticato che siamo felicemente sposati da tre settimane?»

«Bene, la luna di miele è finita!»

«La luna di miele non è nemmeno cominciata.»

Paige resta immobile tra le mie braccia. «Intendi la futura finta luna di miele culinaria, vero?»

La guardo. «A che cosa pensavi mi stessi riferendo?» Poi mi rendo conto perché si è immobilizzata. Ha pensato che intendessi farle pressioni per quella faccenda di una notte insieme. È lei che mi ha messo quell'idea in testa e adesso ha messo radici. «Paige, non faremo sesso stasera. Nemmeno se mi pagassi.»

Lei borbotta poi mi guarda storto. Sento un movimento lì in basso, il sangue comincia a scorrere veloce nelle vene. È veramente difficile non eccitarsi con una bella donna tra le braccia, anche se è incazzata per metà del tempo.

No. È vulnerabile. È un momento difficile per lei. Solo uno stronzo se ne approfitterebbe. *Non essere uno stronzo.*

Continuo a camminare, pensando al viaggio dei miei sogni, per distrarmi dai pensieri lussuriosi. «Comunque, torniamo alla nostra luna di miele, mia bellissima moglie.» Lei si rilassa tra le mie braccia, accarezzandomi distrattamente il petto. Anche il più piccolo complimento l'ammorbidisce. Buono a sapersi.

«Sì?» chiede quasi facendo le fusa. La mia gattina sexy. Con gli artigli. Mi piace.

«Il nostro tour culinario ovviamente comincerebbe a Parigi, poi San Sebastian, in Spagna, una puntata a Barcellona per poi tornare in Francia a Lione, poi in Italia, prima a Bologna e poi a Firenze.»

Paige sospira. «Sembra meraviglioso. Mi piace viaggiare. Sono andata a un campeggio di lusso in Tanzania, ho fatto snorkeling sulla barriera corallina in Australia, ho visitato il Giappone ma non sono mai stata in Europa. Sembra stupido, visto che è più vicina. Era stato il mio ex a organizzare quei viaggi. Non importa. Tu dove sei stato?»

«Non ho viaggiato molto come te, solo la costa Est. Ma quello è un tour culinario che ho sempre voluto fare.»

«Accetterei una luna di miele così.»

«Davvero?»

«Sì, più che altro per le tapas.» Si è concentrata sulla cosa importante: il cibo.

Sorrido con in braccio una donna sexy, la mente occupata e il cuore che batte un po' più forte. Perché riesco a immaginare di fare insieme a lei il viaggio dei miei sogni.

Paige

Mi piace così tanto essere la finta moglie di Spencer che non ho prestato molta attenzione a Noah e a come-si-chiama. Okay, ho provato una piccola fitta quando sono stati annunciati ufficialmente per la prima volta come il signor e la signora Miller nel grande salone da ballo di quest'albergo a cinque stelle. Più che altro perché pensavo che sarei stata io la signora Miller. Sono ancora la signorina Winters. No, oggi sono la signora Wolf. Suona molto meglio del vecchio e noioso Miller.

Durante l'ora dei cocktail del ricevimento, ho fatto il giro chiacchierando con i miei ex-amici. Ho parlato loro della locanda, della meravigliosa cucina di Spencer e li ho invitati a venirmi a trovare promettendo loro un trattamento da VIP. Ho distribuito biglietti da visita come fossero coriandoli ma non sono ancora riuscita a passare un po' di tempo da sola con il testimone, Alex. È al tavolo degli sposi. Devo aspettare che sia solo per parlargli dell'idea di un articolo sulla locanda nella sua rivista di viaggi.

Ora Spencer e io siamo seduti a un tavolo con gente che non conosciamo. Abbiamo appena finito una squisita entrecôte di manzo. Noah è sembrato sorpreso di vedermi, quindi presumo che sia stata la sposa a parcheggiarci con qualche prozia e zii di Noah. Immagino che sia meglio che non metterci con gli amici che mi avevano tagliato fuori dalle loro vite appena Noah e io ci eravamo separati. Detesto ammetterlo, ma Spencer ha ragione. Non sono mai stati veri amici.

Spencer si china verso di me, con il braccio sulla spalliera della mia sedia. «Adesso che ti sei goduta una seconda cena in due ore, ti piacerebbe ballare?»

Mi volto a guardarlo. «Direi che sono tre ore, non due, ma ero affamata.»

«Ho visto.»

«Non siamo obbligati a ballare. Ci sono molte coppie sposate ferme ai loro tavoli. Guardati intorno.»

Le sue parole sono calde al mio orecchio e devo nascondere un brivido. «Mi piacerebbe ballare con mia moglie.»

Mi sposto, guardando i suoi occhi così vicini e sorrido, con una sensazione spumeggiante di felicità che cresce in me, come lo champagne, ma migliore. Chi avrebbe mai pensato che l'uomo arrogante con il quale mi scontro costantemente potesse dimostrarsi così meraviglioso? Sono sicura che il suo comportamento cambierà dopo questa sera, ma non c'è motivo per cui non possa godermelo. Una breve fitta di malinconia annebbia la recente sensazione di felicità per un momento mentre desidero l'impossibile: avere di più da quest'uomo meraviglioso. È una stupidaggine. La situazione non è reale.

Spencer mi prende la mano, mi fa alzare e mi guida verso la pista da ballo. È una canzone lenta. Gli sposi sono sulla pista insieme ad altre coppie.

Spencer mi mette la mano intorno alla vita. Io gli appoggio le mani sulle spalle, tenendo una certa distanza tra di noi. È importante porre dei limiti nel nostro piccolo gioco.

Spencer sposta la mano, tirandomi più vicina, finché siamo incollati in modo indecente. Sento una fitta di calore.

«Spencer» sussurro.

Si china sul mio orecchio. «Mmm?»

«Forse sarebbe più appropriato mantenere un po' di distanza.»

«Perché? Hai intenzione di strofinarti contro di me?»

«No!»

Lui si strofina discretamente per un attimo. «Riesco a capire che avresti voglia di farlo.»

Gli do una pacca sulla spalla, sorridendo mio malgrado. «Sei terribile. Non lo sta facendo nessun altro.»

Spencer mi fa girare lentamente finché riesco a vedere Noah e la povera donna che è diventata sua moglie. «Che ne dici di adesso? Gli sposini si stanno strofinando?»

«Per favore...»

Noah mi fissa e dice *ciao* a bocca chiusa.

Puah. Concentrati sulla tua sposa.

Guardo gli occhi azzurro cielo di Spencer, che sembrano più scuri nel salone da ballo dell'albergo. Più come fossero zaffiri. «Hai dei begli occhi.»

«Grazie, anche tu. Occhi colore del whisky.»

«Oh, grazie.»

«E i tuoi capelli mi ricordano il caramello. Le sue volute, il marrone chiaro con quello più scuro. Belli.»

Il colore viene direttamente dal parrucchiere. Normalmente i miei capelli sono semplicemente castano scuro come quelli delle mie sorelle, ma tengo la bocca chiusa. «Grazie. Tu vedi la maggior parte delle cose in termini di cibo o bevande?»

«Assolutamente no. Per descrivere la tua bocca userei l'aggettivo *grande*.»

«Io definirei sarcastica la tua. Mi piace la barba. Grazie di essertela fatta crescere per me. Adesso sei molto più sexy.» Richiudo di colpo la bocca. Non avevo intenzione di ammetterlo a voce alta.

«Davvero?»

«Se penso alla vendetta.»

«Quindi prima ero solo semi-sexy.»

«Non eri... Uhm, possiamo parlare d'altro.»

«Come vanno i tuoi piedi?»

«I piedi?»

«Quei tacchi non sono il motivo per cui mi sono spaccato la schiena portandoti in braccio per tre isolati?»

Stringo gli occhi. «Sai, per essere uno che si sta sforzando di apparire un marito devoto, dici veramente un mucchio di cose che mi irritano.»

«È l'effetto che ho sulla gente. Mi dicono che posso essere abrasivo. È solo il mio sottile senso dell'umorismo.»

«C'è qualcuno che ride?»

«Rido io tra me e me.»

«Magari cerca di tenere per te quelle battute, eh? Potresti avere più fortuna nel farti degli amici.»

«Ho un mucchio di amici.»

«Allora, per avere più successo con le donne.»

«Non ho mai avuto problemi nemmeno con loro. Ho conquistato te, no?»

Mi fa fare un casquè all'improvviso e squittisco, sorpresa. Poi mi ritira su, vicina, con gli occhi che mi guardano ardenti. Respiro un po' più in fretta, e la battuta che avevo sulla punta della lingua mi abbandona.

Spencer mi mette una mano sulla guancia e appoggia le labbra sulle mie. Sento un'ondata di sensazioni a quel contatto, come l'ultima volta. Finisce troppo presto e Spencer si tira indietro guardandomi. «Bella.»

Sono senza parole, stordita da tutte quelle sensazioni.

Spencer continua a ballare, guidandomi in un lento dondolare. Sento qualcuno che ci fissa e colgo gli occhi di Noah. La vendetta è dolce. Noah mi sta vedendo pazzamente innamorata di mio marito.

Sto cominciando a credere che sia così che Spencer tratta qualcuno a cui tiene veramente e mi piace. Sono tentata di chiedergli quanto di questo è reale quando la canzone lenta finisce e ne comincia una veloce, con un ritmo martellante.

«Vuoi continuare a ballare?» mi chiede Spencer sopra il volume della musica.

«No, va bene così. Magari potremmo prendere un calice di champagne e tornare al tavolo.»

«Perfetto.»

Lasciamo la pista da ballo.

«Potresti prendermi un whisky?» mi chiede. «Vado in bagno.»

«Certo. Un whisky in tinta con gli occhi del colore del whisky della tua mogliettina.»

Spencer si mette le mani sul petto e fa un passo indietro. «Come ho fatto a essere così fortunato?»

Rido alle sue buffonate e lo saluto agitando le dita. Lui si avvicina, mi afferra le dita e le bacia. Mi manca per un attimo il respiro.

«Vacci piano con lo champagne» mi dice.

Sbuffo e tolgo le dita dalle sue con uno strattone. «Solo un calice. Inoltre, adesso ho lo stomaco pieno. Non ti salirò nuovamente in grembo.»

Spencer mi rivolge un lento sorriso sexy. «Quella parte non mi è dispiaciuta, ma preferisco che la mia partner sia sobria. Altrimenti come farebbe ad apprezzare il mio charme?»

«È un indovinello?»

Ci sorridiamo. Vado al bar e lui va verso l'uscita, alla ricerca di un bagno.

Mi unisco alla fila al bar, godendomi la musica. Difficile credere quanto temessi questo giorno, da quando avevo ricevuto l'invito per posta. Eppure, solo quattro settimane dopo sono perfettamente contenta. Più che contenta. Mi sto veramente divertendo.

«Paige, sono così contento che sia venuta.»

Mi volto e vedo Noah e il testimone, Alex, dietro di me. Cerco la sposa. È di spalle, dall'altra parte della sala e sta abbracciando alcune persone a un tavolo in un angolo.

Sorrido. «Certo. Abbiamo entrambi voltato pagina. È bello rivedere tutti.» Mi rivolgo ad Alex, alto, biondo con zigomi scolpiti. Avrebbe potuto fare il modello, invece ha ereditato un impero editoriale. «Come stai, Alex?»

Mi sorride con le fossette. «Non posso lamentarmi. Stai

benissimo, Paige. E ho sentito che ti sei appena sposata. Congratulazioni.»

Alzo la mano con la finta fede nuziale. «Sì. E adesso gestisco una locanda in campagna, a circa un'ora dalla città. È una bella vecchia fattoria olandese risalente al diciottesimo secolo che mia sorella e io abbiamo convertito nella Locanda sul Lovers' Lane. Super romantica. In effetti è proprio quello il nome della strada: Lovers' Lane. Siamo specializzate in matrimoni intimi e fughe d'amore, ma in effetti è perfetta per qualunque coppia desideri scappare per un po' dalla città. Magari a te e Cristina piacerebbe visitarla.»

«Abbiamo rotto.»

Oops! «Mi dispiace.»

«A me no.»

«Potresti venire a vederla da solo. Trattamento da VIP. Ti riserverò la suite migliore. E il cibo è favoloso. Fresco dal nostro orto e dal locale mercato contadino. Mio marito è lo chef consulente. È il migliore. Non che sia tendenziosa. Puoi leggerlo nelle recensioni. Penso che la locanda sarebbe perfetta per un articolo del *Leisure Travels*.»

Tolgo un biglietto da visita dalla borsa e lui lo prende, infilandolo in tasca.

«Sembra una bella pausa dalla vita in città» dice. «Il mio unico problema è che sarei un pesce fuor d'acqua in un posto come quello. Il mio unico amore attualmente è il mio cane, Trixie.»

«Basta parlare di lavoro» dice bruscamente Noah, guardandosi attorno. Probabilmente sta controllando dov'è sua moglie. È ancora dall'altra parte della sala, chiacchiera con gli ospiti e li abbraccia.

Sorrido ad Alex, ignorando la scortesia di Noah. Vuole sempre essere il centro dell'attenzione. «Accettiamo i cani. Portala. Il golden retriever di mia sorella, Scout, viene sempre a trovarci.» Prendo il telefono e gli mostro una fotografia di Scout, sdraiato sul patio posteriore della locanda.

Alex si illumina, sorridendo mentre prende il suo telefono.

«Anche Trixie è una golden retriever» dice facendo scorrere le fotografie.

«Splendido. Appuntamento canino!»

«Perfetto!»

Noah sospira come se questa fosse la conversazione più noiosa al mondo. Pazienza.

Dopo aver ricevuto i nostri drink, Alex e io usciamo dalla fila per parlare della locanda e della città amante degli animali dove vivo. Sembra che il fatto che accettiamo i cani sia vincente con Alex. Spero che accetterà di venire. So che gli piacerebbe. Noah ci segue, ascoltandoci in silenzio e sorseggiando il suo drink.

«Mandami una mail con le informazioni e qualche fotografia» mi dice Alex. «La passerò al mio editor di viaggi. Sarà meglio che torni dalla mia ospite.»

Sorrido, quasi rimbalzando sulle punte per l'improvviso senso di leggerezza. «Grazie! Lo farò. È stato bello rivederti.»

Alex mi saluta e si allontana. Mi volto verso Noah. «Dovrei andare a cercare Spencer.» Non vedo l'ora di condividere la buona notizia. Potremmo fare un brindisi con i nostri drink. Mi guardo intorno ma non lo vedo.

«Posso parlarti per un minuto?» Noah mi indica di seguirlo svoltando verso un'alcova silenziosa oltre il bar.

«Uhm, okay.» Lo seguo, dicendomi che non c'è niente che mi possa dire che potrebbe ferirmi ancora. Forse vuole finalmente scusarsi. Forse lo addolora il fatto che io abbia voltato pagina in modo così perfetto e si è reso conto di aver fatto un terribile errore lasciandomi. Sarò discreta e non glielo sbatterò in faccia.

«Paige, so perché sei qui.»

Sento il calore salirmi alle guance. Spero di non essere risultata uno squalo pronta a addentare le sue parti migliori per favorire la mia impresa. Mi piacerebbe pensare che gli auguro tutto il bene possibile nella sua nuova vita. Beh, forse non arrivo a tanto.

Lui abbassa la voce, fissandomi negli occhi. «Provi ancora

qualcosa per me. Mi sono detto che se fossi venuta oggi avrebbe significato che avevamo ancora una chance.»

Resto a bocca aperta. «Noah, ti sei appena sposato.»

«È incinta.»

«Oh-kay.» Mi sento di colpo imbarazzata, lì in quell'alcova silenziosa con il mio ex, mentre vengo a sapere molto più di quello che dovrei sugli affari privati di Noah. Fisso il whisky che ho in mano, pensando a Spencer. «Dovrei andare.»

Noah mi parla sussurrando ferocemente. «Altrimenti non le avrei chiesto di sposarmi. Non ho mai provato niente di simile a quello che provavo per te per un'altra donna. È per quello che ti ho invitata. E tu sei venuta.»

Faccio una smorfia, completamente disgustata. «Torna da tua moglie.»

«So che provi qualcosa. Mi stavi guardando sulla pista da ballo.»

«Ti assicuro che non è così.»

Lui si china verso di me, con la voce dolce. «Ti amo.»

Resto di nuovo a bocca aperta.

Lui continua con la voce persuasiva. «Adesso siamo entrambi sposati, ma non significa che non potremmo vederci ogni tanto. Mi piacerebbe davvero rivederti. Avete preso una stanza in albergo?»

Sono tentata di gettargli il drink in faccia, ma sono superiore a questa piccineria. Gli rispondo sussurrando, consapevole del fatto che siamo al suo ricevimento di nozze. Quella poveretta di sua moglie. «Cresci, Noah. Sei un marito e presto sarai padre, per l'amor del cielo! Per una volta, cerca di fare la cosa giusta.»

Me ne vado, ribollendo di rabbia. Non riesco a credere di avere quasi sposato qual depravato. Come ho potuto essere così cieca?

Proprio in quel momento appare Spencer, diretto verso di me, con un sorriso sulla sua bella faccia. Il mio cuore accelera. Perché diavolo mi sto eccitando vedendolo? Sta solo fingendo di essere il mio devoto marito. La mia mancanza di giudizio con Noah non mi ha insegnato niente?

Ci incontreremo nuovamente al lavoro. Spencer prede il suo whisky ed estrae la sedia per me con l'altra mano. «Scusa, mi ci è voluto un po'. Una delle vecchie zie al nostro tavolo mi ha intercettato. Voleva che l'aiutassi a fermare un taxi.»

«Nessun problema.» A quanto pare Spencer ha un debole per le donne in difficoltà. È probabilmente il motivo per cui è qui con me oggi, ma io non sono così. Mi sono sentita vulnerabile per un po' a causa di un uomo che non mi ha mai meritata. Appoggio il calice di champagne sul tavolo e mi siedo, ancora arrabbiata per Noah. Una tale serpe!

Spencer mette il braccio sulla spalliera della sedia e comincia a giocherellare con una ciocca dei miei capelli. Sono tentata di chinarmi verso di lui, ma resisto.

«Non sono una donna in difficoltà» lo informo.

«Nessuno ha mai detto che tu lo sia.»

«So chiamare un taxi da sola.»

«Non l'ho mai dubitato.»

Espiro bruscamente e cerco di concentrarci sulle buone notizie: le cose potrebbero andare meglio per la locanda, e mi sono messa Noah alle spalle, in permanenza. Qui tutti mi hanno vista come una imprenditrice di successo, felicemente sposata. Stare meglio senza Noah e i suoi amici non è forse la migliore vendetta? Non ci sarei mai riuscita senza Spencer. La differenza tra lui e Noah è talmente palese che non posso nemmeno metterli insieme nella stessa categoria di donnaioli arroganti. Spencer è un uomo d'onore, perfino galante. Mi viene in mente un cavaliere dalla scintillante armatura.

Mi rivolgo a Spencer. «Ho fatto il mio discorsetto sulla locanda al tizio dei media. Mi ha detto di mandargli una mail con i particolari.» *E mi sono messa Noah alle spalle, per sempre.*

«Perfetto!»

«Già.»

Spencer si china verso il mio orecchio e dice a voce bassa: «Perché sembri incazzata?».

Resto in silenzio per un momento. Primo, perché pensavo di avere un'espressione piacevole sul viso. Secondo, voglio veramente dirgli che ho quasi sposato una serpe? Sento gli occhi che scottano. Mi sento così stupida. Noah è un traditore e lo sarà sempre.

Spencer si raddrizza, tirando indietro le spalle. «Era il tuo ex, vero? Che cos'è successo? Ti ha insultata?»

Sembra che sia sul punto di vendicare il mio onore e lo amo per quello. Whoa. Non ho nemmeno ancora bevuto lo champagne. Non intendevo dire che lo amo. Cioè, mi piace molto e sono così grata di averlo al mio fianco.

Sento un groppo di emozione in gola. «Sei meraviglioso.»

Lui guarda il mio bicchiere e vede che è pieno. «È il secondo?»

«No, non ho ancora bevuto niente.»

«Perché sono meraviglioso?»

Sospiro. «Non lo so. È una sorpresa anche per me.»

Spencer avvicina la faccia alla mia. «Smettila di evadere la mia domanda. Che cos'è successo?»

Mi sposto per sussurrargli all'orecchio e riferirgli ogni viscida parola che è uscita dalla bocca di Noah.

Lui si tira indietro con le mascelle serrate. Poi si alza di colpo. «Scusami, vado a prendere qualcuno a calci in culo.»

7

Balzo in piedi, gli afferro il braccio e sussurro freneticamente: «Sono già abbastanza imbarazzata per aver pensato di sposare quell'uomo. Non fare una scenata».

«Ci ha provato con mia moglie!»

«Shh!»

«Nessuno ci prova con mia moglie, specialmente quando sono presente e posso dire la mia.»

Il mio cavaliere dalla scintillante armatura. Do uno strattone al suo braccio nel futile tentativo di farlo sedere di nuovo. La gente ci sta fissando. «Possiamo per favore sederci e parlarne con calma?»

«Non è accettabile.»

Resto appesa al suo braccio. «Mi piace che voglia vendicare il mio onore, ma non voglio che succeda così. Quello che vorrei veramente è passare un po' di tempo insieme, solo noi due. Che ne dici di andarcene da questo posto e trascorrere una serata in città?»

Spencer mi guarda per un lungo momento. «È quello che vuoi?»

«Sì, ti prego.»

Mi guarda piegando la testa. «Perché divertirti con me è la migliore vendetta.»

Sorrido. «Adesso cominci a capire. Andiamo, okay?»

Spencer espira bruscamente. «Bene, ma lo sto mentalmente prendendo a calci in culo.»

Do una pacca sul suo bicipite ben formato. «Lo apprezzo. Come te la cavi al karaoke?»

Lui sorride. «Andiamo a scoprirlo.»

Spencer

Stasera ho visto un lato diverso di Paige. È rilassata, divertente e comunque resta una dura. Sto cominciando ad apprezzare una donna forte. Avrebbe potuto permettere che il suo ex ci rovinasse la serata. E per un minuto era stata piena di rimpianti. Adesso è tornata, migliore di prima.

Siamo in un piccolo locale seminterrato con le luci multicolori dirette su un minuscolo palcoscenico per i cantanti di karaoke. C'è anche un bar e qualche tavolo di legno per la gente che vuole sedersi e guardare i coraggiosi che si cimentano con le canzoni. Paige e io abbiamo cantato una serie di duetti, da *Don't go breaking my heart* a *Shallow*. Ci assegnerei un dieci per il volume e un due per la musicalità. È divertente lasciarsi andare con lei. Mi piace vedere il sorriso illuminarle il bel viso.

Adesso siamo seduti a un tavolo a bere acqua insieme al whisky. È un'idea sua per mantenerci idratati mentre beviamo whisky e cantiamo a squarciagola. Dice che è meglio per le nostre corde vocali e ci eviterà il mal di testa da dopo sbronza. Ho la sensazione che lo abbia sperimentato un po' di volte.

«Ultima canzone prima della chiusura» annuncia il barista.

Un gruppetto di donne che sta festeggiando un addio al nubilato si precipita sul palco per rivendicare la canzone.

«Vuoi che chiami l'autista o preferisci continuare la serata in un altro bar?» le chiedo.

Paige mi studia il volto prima di sorridere radiosa. «Continuiamo la serata. Di' all'autista che per stanotte è fuori servizio.»

«Ci serve per tornare a casa.»

Lei sbuffa con indifferenza.

«Prima o poi dovremo tornare a casa. Domani devo lavorare.»

Lei si china verso di me. «Abbiamo tutto il tempo. Ti ho mai detto che ho un appartamento in città dove possiamo fermarci per la notte?»

La fisso, con il cuore che saltella. *Sta ancora pensando alla faccenda della notte di luna di miele?* «No.»

Lui annuisce, contenta di sé. «L'ho comprato con Noah e l'ha intestato a me dato che lui ha più soldi di quanti mai gli serviranno e si sentiva in colpa per avermi lasciato una settimana prima del matrimonio. Il mio premio di consolazione. Eravamo co-proprietari e adesso è tutto mio.»

Sorprendentemente generoso per quello stronzo traditore del suo ex. Sono sicuro che venderlo sarebbe stata una mossa migliore, a meno che si navighi nell'oro. È a quello che è abituata Paige? Non ho la minima possibilità di competere. Mi colpisce il fatto che Paige abbia tenuto la casa, forse è ancora attaccata a Noah e la cosa mi fa incazzare. Lui non la merita. È un codardo senza onore.

Mi metto sulla difensiva. «Perché hai tenuto quel posto? Stai ancora crogiolandoti nei ricordi del tempo passato con lui?»

«No!»

«Allora perché?»

Paige scuote la testa. «Fai troppe domande.» Guarda il bar. «Vuoi un altro drink?»

«Dovresti venderlo. Comprarne un altro in città, se vuoi, ma finché lo avrai continuerai a tenerti aggrappata ai ricordi col tuo ex.»

«Oh, guardate, il signor Sono Esperto di Relazioni. Dimmi, quanto è durata la tua relazione più lunga?»

«È irrilevante.»

«Una settimana?»

Stringo i denti. «Un mese.»

«Ah! Lo sapevo.»

«Non è colpa mia. Semplicemente le cose non funzionano, per un motivo o l'altro. Non mi vedi aggrappato a vecchie storie.»

«Io non sono aggrappata al passato. È un investimento.»

«E quante volte usi questo investimento?»

«Non è importante. Il valore continuerà a crescere.»

Questa donna è così maledettamente testarda.

Cerco di parlare in tono ragionevole. «So che sei stressata perché la locanda non ha abbastanza clienti. Perché non vendere la casa e avere un tesoretto di scorta? In quel modo non dovresti stressarti così tanto.»

Lei guarda il palcoscenico dove il gruppetto dell'addio al nubilato sta massacrando *Summer Nights* da *Grease*.

«Beh?» insisto.

Lei mi tira vicino e mi sussurra all'orecchio. «Perché se la locanda dovesse fallire...» Si sposta e parla intono normale. «Posso riprendere il mio vecchio lavoro con un posto dove vivere.» Era un agente immobiliare.

Chiaramente Paige ha problemi a impegnarsi, non è completamente sicura della sua nuova vita a Summerdale... e la cosa mi fa rilassare un po'. Non la sconvolgerà se non sono granché in fatto di relazioni o qualunque cosa sia quello che c'è tra di noi. Non so perché le cose non abbiano mai funzionato per me. Sono un tipo facile da amare.

Non lascio perdere la faccenda della casa. «Se ti dedichi completamente alla locanda sarà più facile avere successo. Io mi dedicherò completamente al mio ristorante una volta che avrò i soldi per aprirlo.»

«Puntare all'oro quando sei al verde è diverso dal cominciare una nuova vita quando hai già qualcosa che hai costruito.»

«Io non sono *al verde*. Tu ti stai aggrappando al passato.»

Mi rivolge un'occhiata divertita. «Da questa lunga discussione credo di capire che non vuoi andare a casa mia con me. Bene. Chiama l'autista e torna a casa. In resto in città.»

Era quello che stavo facendo? Discutere per evitare di passare più tempo con lei? È stata una serata fantastica e non voglio che finisca. Oh, diavolo. Mi sono ingelosito perché è rimasta aggrappata a una cosa che aveva con il suo ex e ho incasinato la parte buona.

«Non voglio andare in una casa piena di ricordi del tuo ex» ammetto.

Lei avvicina la faccia alla mia, sorridendo. «Amico, ho messo la sua roba sul marciapiede. Quel posto è tutto mio. Sei così carino quando sei geloso.»

Carino? I cuccioli sono carini.

«Non sono geloso» dico con la mia voce virile più dignitosa.

Paige mi mette una mano sulla guancia, con gli occhi che brillano divertiti. «Uh-uh.»

Metto la mano sulla sua, la volto e le bacio il palmo. «Hai buttato fuori dalla porta la sua robaccia, vero?»

Lei sorride maliziosa. «Non lo saprai mai. Comunque, casa mia è nell'Upper West Side. Potremmo passare lì la notte. Tipica casa di arenaria rossa, due camere, due bagni con un appartamento nel seminterrato che posso affittare.»

«Stai cercando di vendermi una casa o invitarmi là?»

Lei sorride. «Fammi un'offerta.»

Ho veramente intenzione di farlo? Paige è ancora vulnerabile? Il matrimonio deve essere stato un calvario per lei.

«Come ti senti in questo momento?» le chiedo.

Lei rimbalza sulla sedia. «Benissimo.»

«Davvero?»

«Sì.» Mi afferra la mano e tira, cercando di farmi alzare.

«Okay, mi hai forzato la mano.» Mi alzo e mi strofino la mano come se l'avesse tirata troppo forte. «Ma non ho niente con me.» *Devo fermarmi da qualche parte a prendere dei preservativi?*

«Ho uno spazzolino nuovo. Non preoccuparti.»

Va verso l'uscita del bar karaoke. Getto qualche banconota

sul tavolo e la seguo, con il sangue che mi scorre forte nelle vene. Se metto da parte la questione dell'onore e non volermi approfittare di una donna vulnerabile, posso ammetterlo... La desidero, ferocemente.

La raggiungo di fuori, dove sta fermando un taxi.

«Non sono aggrappata al mio ex.»

«Okay.»

«Davvero. Ho un inquilino nell'appartamento del seminterrato e mi aiuta a coprire le spese. So che sarebbe stato economicamente più logico vendere la casa, ma non troverei mai un posto simile per il prezzo che l'ho pagato. L'avevo preso al volo appena messa sul mercato. Comprare quando il prezzo è basso, vendere quando è alto. È il modo per vincere nel mercato immobiliare.»

Si ferma un taxi e lei sale. La seguo. Paige dà l'indirizzo e si lascia andare sul sedile, sembrando rilassata.

«Il mercato qui non è sempre in salita?» Sembra che i prezzi degli immobili a Manhattan non scendano mai.

«Penso che il valore salirà ancora» risponde. «Saperlo rende più facile tenere la casa.» Volta la testa verso di me e sorride. «Sei più divertente di quanto pensassi.»

«Tu sei più rilassata di quanto ritenessi possibile.»

«Quando non devo mandare avanti la baracca è più facile rilassarsi. Lo champagne e il whisky aiutano.»

«A distanza di ore, per fortuna. Altrimenti ti starei raccogliendo dal marciapiede.»

Lei si rannicchia al mio fianco. «Oppure sarei seduta in grembo a te, a raccontarti la mia vita.»

«Non ho ancora saputo niente dei tuoi anni al college.»

«Sei andato al college?»

«No. Ho fatto l'apprendistato con uno chef incredibile subito dopo le superiori. Non volevo perdere tempo o soldi in una scuola culinaria. Il miglior insegnante è l'esperienza.»

«Immagino che sia vero, se hai la persona giusta con cui lavorare. Ma se sei solo un addetto alla friggitrice in una tavola calda è tutta un'altra storia.»

«Vero.»

Paige mi sorride. «Mettiti in grembo a me e raccontami la storia della tua vita.»

Ridacchio. «Stai decisamente sentendo gli effetti del whisky se pensi che sia una buona idea.»

«Ne ho bevuto abbastanza per essere rilassata. Due whisky, tanta acqua e tanti popcorn buonissimi.»

Mi siedo a metà in grembo a lei per dimostrarle quanto peso.

Paige mi dà uno spintone. «Oh mio Dio, sei più pensate di quanto sembri. Alzati!»

«Ma mi hai invitato tu a farlo.» Torno sul mio sedile con un sospiro. «Classici messaggi ambigui.»

Paige mi ficca un dito nel petto. «Non significa che riuscirai a cavartela senza una confessione, anche se non in grembo. Io ti ho raccontato *delle cose*.»

«Senza alcuna provocazione. Non ti ho fatto una sola domanda.»

Paige mi dà un'occhiataccia. «Scortese. Non credo che sarai un ospite divertente.»

Do un'occhiata all'autista, che sta canticchiando a bassa voce ascoltando una canzone in una lingua che non riconosco. Tengo la voce bassa. «Bene. Sono figlio unico. I miei genitori sono una coppia tradizionale. Lui lavora, lei è una casalinga. Papà vuole che io lavori con lui nelle sue concessionarie auto. Ne ha alcune in quest'area. Io ho scelto di fare un lavoro diverso. Lui è infelice. Mia madre non capisce. Io sono felice. Questa è la mia vita in sintesi. Il figlio deludente che ha trionfato da solo.»

Paige mi sorride con gli occhi dolci. «Trionfato, eh?»

«Sì, trionfato. Faccio un lavoro che adoro. Sono il capo chef in un ristorante con una proprietaria a cui non dispiace se comando io.» Le rivolgo un'occhiata significativa, ricordandole tutti i problemi che mi ha creato al riguardo. «E sto risparmiando per il ristorante che avrò un giorno. Non è importante che non abbia ancora realizzato il mio sogno. L'importante è averne uno.»

Paige mi dà una bottarella sul bicipite. «Ben detto.»

Il taxi si ferma. Mi offro di pagarlo, ma Paige insiste per farlo lei. «Non sono un tipo tradizionale» mi dice.

«Bene.» Non vorrei uscire con mia madre. Non che Paige e io ci stiamo frequentando. Non so che cosa stiamo facendo in questo momento, ma non riesco a resisterle.

Mi raggiunge sul marciapiede e prende un portachiavi dalla borsa. «Eccoci, casa dolce casa. Dio, questo posto mi è mancato.»

La seguo sui gradini. «Sei un tipo da città?»

«Non proprio. Sono cresciuta nei sobborghi del New Jersey.»

«Conosciuti per la loro natura selvaggia.»

Lei ride e apre la porta. «Ehi, ci sono molti spazi aperti bellissimi nel New Jersey. Dove sono cresciuta, a Princeton, ci sono tantissimi alberi, flora e fauna.»

«Fauna, eh?»

«Sai, roba nativa del posto. Uccelli, scoiattoli, cervi, orsi e ogni tanto una lince.» Apre un'altra porta ed entra, indicando davanti a sé. «Soggiorno.» È uno spazio che sembra comodo, con un divano grigio. Prende la giacca dello smoking che ho sul braccio e la appoggia sul divano. Attraversa il locale per andare nel cucinino, diviso da un muretto basso. «Cucina. Vuoi qualcosa?»

Te.

Mi ficco le mani in tasca. «No, grazie.»

«Nemmeno io.» Viene verso di me, ancheggiando, con una scintilla negli occhi color whisky.

Mi batte forte il cuore e il desiderio aumenta. È la tentazione fatta persona.

Paige invade il mio spazio personale, con gli occhi che brillano. «Stasera mi sono divertita moltissimo, grazie a te.»

La voce mi esce roca. «Anch'io.»

«Sei stato il miglior finto marito che avrei potuto desiderare. In effetti...» Mi mette le braccia intorno al collo. «Non voglio che questa sera finisca.»

Vuole me o il finto, devoto marito? Devo esserne sicuro. Perché non siamo la stessa persona.

Tengo le braccia lungo i fianchi, anche se sono tentato di avvolgerle intorno al suo corpo sexy. «Ti ho detto che non eravamo obbligati ad andare fino in fondo con la notte di luna di miele. Non sono tuo marito. Era solo una vendetta e ho recitato la mia parte. Lo capisci, vero?»

«Sì.»

«Adesso si fa sul serio» dico a mo' di avvertimento. «Quell'uomo non sono io.»

Lei sorride e mi afferra la mano, tirandomi verso le scale. «Adesso puoi essere te stesso.»

La seguo sulle scale, con l'eccitazione che sale. «Io non ti piaccio.»

«Mi piacciono alcune parti di te.»

«Dovrebbe essere un complimento?»

Lei si ferma appena prima della cima delle scale e si mette un dito sulle labbra. «Shh, non rovinare tutto discutendo con me.»

«Chi, io? Sono un tipo con cui è facile andare d'accordo.»

«Seguimi» mi invita. Cammina sicura di sé lungo il breve corridoio che porta alla sua camera. Le corro dietro, avvolgendole le braccia intorno. Nemmeno uno squittio. Paige si appoggia indietro e mi sorride. «Così va meglio.»

Sarà fantastico.

Paige

«Abbassami la cerniera» dico, volgendo le spalle a Spencer. Mi tolgo le scarpe. Siamo nella mia stanza e so che cosa voglio: lui.

«Niente baci, niente preliminari?»

Gli do un'occhiata voltando la testa. «Non dirmi che sei un tipo romantico.»

«Allora perché disturbarsi a togliere il vestito?»

Si abbassa e mi solleva il vestito oltre i fianchi, raccogliendolo nel pugno intorno alla vita. Sento una fitta di eccitazione, la pelle che formicola, il respiro che diventa affrettato.

Spencer emette un gemito mentre passa il dito sul bordo delle mie mutandine di pizzo nero. «Così sexy» mormora.

«Che cosa stai aspettando?»

Mi tira indietro e mi volta, con la mano sulla mia nuca. «Questa bocca» dice prima di appoggiare forte la sua sulla mia. Sento un'ondata di desiderio che mi fa stringere il davanti della sua camicia. Spencer mi spinge verso la parete, rialzandomi la gamba e strofinandosi contro di me.

Interrompo il bacio. «Oh, mio Dio. Prendimi e basta.» Tutto quel litigare era per questo? Il desiderio negato? Ora basta.

Spencer mi bacia il collo, chiudendo i denti sul tendine. Respiro a fatica. Spencer riporta bruscamente la bocca sulla mia, mentre mi slaccia il vestito con le dita agili. Lo toglie dalle spalle e si accumula sul pavimento.

Mi tolgo il reggiseno che lascia la schiena nuda, un modello push-up molto astuto con le spalline trasparenti.

«Paige» dice Spencer con la voce gutturale.

«Tocca a te. Spogliati.»

Spencer scuote lentamente la testa, tirandomi vicina e baciandomi la clavicola, la spalla e finalmente il seno, attardandosi lì. Gli infilo le dita tra i capelli mentre succhia forte, facendomi pulsare tra le gambe.

Passa all'altro seno, succhiando, con la mano intorno alla vita, tenendomi vicina. La mia eccitazione aumenta. Mi dà un'ultima leccata e si mette in ginocchio, abbassandomi le mutandine e togliendomele. Dà un bacio tenero al mio sesso prima di alzarsi in piedi e baciarmi di nuovo.

«Sei così bella» dice con la voce riverente.

Apro la bocca, sorpresa. Non credevo che potesse essere così dolce.

Spencer stringe il braccio intorno alla mia vita e mi bacia guidandomi verso il letto. Finisco contro il materasso e ci cado sopra. Allungo le braccia per tirarlo giù con me, ma Spencer si mette in ginocchio, mi allarga le gambe, se le mette a una a una sulle spalle, esponendomi ai suoi occhi. Smetto di respirare. Abbassa la testa e mi dà una lunga leccata. Ansimo, con i fianchi che si alzano di colpo. *Non mi aspettavo tanto da lui.*

«Pensavo sarebbe stato forte e veloce» riesco a dire mentre mi assaggia di nuovo.

Lui alza gli occhi. «Stai ancora parlando. Dovrò cercare di fare meglio.»

E poi resto senza parole quando si tuffa per avere di più. Muovo i fianchi al ritmo delle sue leccate, le dita che mi penetrano aumentano l'intensità. Sto ansimando, con l'orgasmo vicino. Il violento piacere mi toglie il fiato mentre mi dimeno sotto di lui. Vado a fuoco. Il piacere aumenta, mi consuma, cresce, cresce sempre più in alto.

Spencer mi blocca un fianco con la mano, tenendomi ferma mentre continua a lavorare su di me ed esplodo con una marea di sensazioni e il fuoco negli arti. Spencer resta con me, guidandomi attraverso un'ondata dopo l'altra di piacere finché crollo. *Whoa.*

Lo sento che si sposta, rimettendosi in piedi. Lo sento che mi fissa. Ho gli occhi chiusi e sono troppo esausta per fare lo sforzo di aprirli.

«Mmm» riesco a dire. Ho appena dato l'addio a un mucchio di tensione. Vorrei sentirmi sempre così. «Meglio di qualsiasi massaggio.»

Spencer mette la mano sul mio sesso e io grido, ancora sensibile, spalancando gli occhi. Solo una minima pressione con il palmo mi regala un'altra ondata di piacere. Gemo piano.

«Preservativo?» mi chiede.

«Nel cassetto del comodino.»

Spencer comincia a togliersi la camicia, con gli occhi ardenti fissi nei miei. Mi metto seduta per aiutarlo a spogliarsi, più che altro infilando la mano nell'apertura della camicia e toccandolo. Non riesco a resistere ad assaggiare le linee muscolose dei pettorali e degli addominali. Spencer grugnisce e getta da parte la camicia.

Abbasso la mano sulla fibbia della cintura, ma me la spinge via e si spoglia in fretta. La sua erezione si libera e avvolgo la mano intorno.

«Paige, non riesco ad aspettare.» Mi spinge indietro.

È allora che ricordo il preservativo e gattono sul letto per prenderlo dal cassetto del comodino. Glielo getto e mi sdraio, allargando le gambe, invitandolo.

Sento il suo gemito, lungo e profondo e poi di colpo è sopra di me e mi prende con una lenta spinta. Mi manca il fiato per l'ondata di sensazioni. Mi riempie ed è così... giusto.

Spencer appoggia gli avambracci e mi toglie i capelli dal volto. «Va tutto bene, bellezza?»

Sento una stretta al cuore. Sta controllando se mi piace. «Non ho mai sospettato che avessi un lato così romantico.»

Spencer mi mordicchia il lobo dell'orecchio e lo tira. «Prima d'ora nessuno mi ha mai accusato di essere romantico.»

Gli passo le mani dappertutto, adoro la sensazione di tutta quella pelle calda.

«Adesso ti scoperò forte» dice.

Mi sento pulsare a quelle parole. «Sì. Fallo.»

Lui si spinge dentro di me e continua, forte e veloce, respirando affannosamente accanto al mio orecchio. Alzo i fianchi per accoglierlo più in profondità e la spinta successiva colpisce proprio il punto giusto. Gli affondo le unghie nelle spalle, con il piacere che cresce a ogni spinta. *Sì, sì, sì.*

Allento la presa sulle sue spalle e grido, con l'orgasmo che esplode dentro di me.

Ci guardiamo negli occhi, mentre continua a respirare forte. I suoi occhi azzurri riflettono lo stesso mio bisogno e qualcosa di più, ci riconosciamo. Siamo animali simili. Lo vedo anch'io. Un'unione che travalica quella fisica. Mi spaventa perché litighiamo troppo.

«Scopami» dico.

Spencer grugnisce, mi solleva una gamba, aprendomi di più mentre continua con le sue spinte. Ansimo, scioccata dall'intensità. Troppa.

«Ancora» mi ordina. «Dammi tutto.»

Sono sopraffatta dalle sensazioni. Impossibile parlare. Tutto ciò che posso fare è prendere. Tutto quello che mi dà. Tremo, calda come se avessi la febbre, respirando a brevi ansiti. Spencer mi accarezza con un dito, ed esplodo, dondolando disperatamente i fianchi. Spencer dà una forte spinta e poi si lascia andare, stringendo forte a sé i miei fianchi. Condividiamo ogni sensazione, vicini come possono essere due persone.

Si tira indietro lentamente, abbassandomi la gamba. Mi rannicchio sul fianco, sopraffatta da tutto ciò che mi ha fatto provare. Doveva essere un semplice orgasmo. Invece ho provato troppo di tutto.

Spencer mi fa rotolare sulla schiena. «Non escludermi.»

Gli do uno spintone alla spalla. «Non ti sto escludendo. Sono esausta. È stata una lunga serata.»

Spencer alza un angolo della bocca. «Bene.» Scende dal letto ed esce, probabilmente diretto in bagno lungo il corridoio.

Sospiro e allargo le braccia. Che cosa si fa quando si ha il miglior sesso della propria vita con un uomo completamente incompatibile nella vita reale? Una notte con Spencer adorante non cancella tutto quello che è successo prima. Mi ha avvisata che quello non è lui. Stasera stava recitando una parte. Anche se è stato generoso e piuttosto romantico a letto. Ha controllato che stessi bene.

Non so nemmeno se vuole una relazione. Un mese non è un buon precedente. Vediamo se si precipita fuori dalla porta.

Spencer torna e lo guardo cauta. Si vestirà e prenderà una scusa per andare?

Lui sorride e sale sul letto, coprendomi con il suo corpo e appoggiandosi sui gomiti. «Questa è la parte in cui parliamo della relazione?»

Distolgo lo sguardo, con la gola improvvisamente stretta e lacrime bollenti negli occhi. Sta scherzando e io sono fin troppo sensibile. «No.»

Spencer mi prende il volto e lo gira verso di lui. «Stavo

scherzando, ma tanto perché tu lo sappia, non sono uno che tradisce. Se penserò che sia ora, te lo dirò e poi volterò pagina. Quelli che tradiscono sono deboli.»

Mi si riempiono gli occhi di lacrime. Penso di essere innamorata.

8

Spencer

Non riesco a dormire. Pensavo che andasse tutto bene, ma non riesco a togliermi dalla mente il volto piangente di Paige. È passata l'alba e Paige sta dormendo ancora. Il senso di colpa mi sta uccidendo. Mi sono approfittato di una donna vulnerabile. Era sconvolta per via del suo ex. Lo scopo di accompagnarla era di difenderla e poi sono andato troppo oltre. Anche se è stato un bellissimo momento, avrei dovuto porre dei paletti. Sono stato preso dal momento, motivato dal desiderio. Ma non sono così, sono più forte.

Maledizione. Mi uccide aver visto i suoi occhi pieni di lacrime dopo il sesso. Ovviamente lo stava rimpiangendo. E prima era sembrata così vulnerabile, rannicchiata sul fianco, di spalle, con la voce soffocata quando mi aveva parlato. Durante tutta la cerimonia e il ricevimento aveva dimostrato forza, ma sotto sotto era vulnerabile. Ha detto che era stata una lunga notte. Siamo rimasti fuori fino alle tre del mattino e doveva essere stata agitata per giorni riguardo al suo ex. Avrei dovuto prendermi cura di lei e invece...

La guardo, sdraiata sulla pancia, profondamente addormentata.

Scendo in silenzio dal letto, raccolgo i miei vestiti ed esco in corridoio. Dopo essermi vestito vado in cucina, trovo un blocchetto per gli appunti e una penna. Un biglietto è più personale di un messaggio sul telefono. Non posso sbagliare. Mi sento stringere lo stomaco, ma lo ignoro. Sto facendo la cosa giusta. Inoltre, devo tornare a Summerdale per andare a lavorare.

E non sopporto di vederla in lacrime.

Comincio a scrivere: *Paige è stato un errore.*

Accartoccio il biglietto. Non voglio farla piangere di più. Errore ha un brutto suono. Al prossimo.

Ci penso per un momento. *Paige, sono dovuto tornare al lavoro.* Accartoccio anche quello. Deboluccio, anche se è vero.

Paige, è stato un bel momento. Non sei tu, sono io. Non avrei mai dovuto...

Accartoccio. No, no, no.

Finalmente trovo il modo perfetto di passare in territorio neutrale che permetterà alle cose di tornare normali tra di noi. Soddisfatto, risalgo, piego in due il biglietto e lo lascio appoggiato sul comodino.

Paige

Mi sveglio sentendomi riposata e piena di energie. Apro gli occhi e do un'occhiata alla sveglia sul comodino. Oh, wow, è mezzogiorno. Ero decisamente esausta. Beh, è stata una serata emotivamente sfiancante, con il matrimonio, il ricevimento e poi uscire con Spencer, il mio ex-nemico. Ah-ah. Noto un biglietto sul comodino e divento immediatamente sospettosa. Non ditemi che se l'è svignata dopo la notte scorsa.

Mi giro per controllare. Non c'è. So che ha dormito qui. È venuto a letto e ha tirato le coperte su entrambi. Ero così contenta che non mi avesse mollata subito dopo il sesso. I miei sentimenti per lui sono così nuovi e intensi che sarei stata distrutta se l'avesse fatto. È l'ultima cosa che ricordo dopo essere crollata. Sospiro. Torniamo alla realtà.

Mi siedo, prendo il biglietto e scosto i capelli dagli occhi, pronta al peggio. Stringo forte i denti mentre leggo.

Paige,

Il momento era sbagliato. Mi dispiace per la scorsa notte.

Spero che possiamo essere amici.

Spencer.

Maledizione, Spencer! Accartoccio il biglietto. È la classica scusa *non sei tu sono io*. Il momento? Perché non era il momento giusto? Abbiamo passato dei bellissimi momenti insieme, seguiti da un fantastico sesso. Tutto era stato così meraviglioso, *da parte mia*. Solo, a quanto pare, non per lui. Lancio la pallottola di carta più forte che riesco. Atterra sul materasso, a una distanza brevissima, irritante.

Mi dispiace? Gli dispiace per la scorsa notte? Amici?

Afferro il cuscino e urlo coprendomi la bocca.

Poi vado in bagno per fare una doccia calda. Spencer Wolf rimpiangerà il giorno in cui mi ha mollata dopo una nottata di sesso.

Nel tardo pomeriggio di domenica sono di nuovo alla locanda. I nostri ospiti del fine settimana sono già andati, quindi non resta altro da fare che pulire.

Tutto quello a cui riesco a pensare mentre strofino con tutta la rabbia che ho in corpo è che Spencer non può mollarmi. Mi sono fatta avanti impulsivamente con lui dopo una giornata emotivamente sfiancante. Adesso è finita perché non avrebbe mai dovuto succedere. Ho commesso un errore che non verrà più ripetuto. È stata una mia scelta, dall'inizio alla fine.

«Stai bene?» mi chiede Brooke mentre ripongo i prodotti per la pulizia. «Non credo di averti mai vista strofinare così forte.»

«Sono solo stanca. Sono rimasta fuori fino a tardi ieri sera, al karaoke.»

Normalmente mi confiderei con mia sorella, ma le avevo

dato filo da torcere perché si era lasciata coinvolgere da qualcuno sul nostro libro paga. Maledizione, avrei dovuto dare retta ai miei stessi consigli e non farmi assolutamente coinvolgere dal nostro consulente chef nonché caterer. Non è stato professionale, spaventosamente poco professionale. *Posso ancora licenziarlo, dopo aver fatto sesso con lui?*

Brooke mi guarda preoccupata. «Sembri più nervosa che stanca.»

«Probabilmente un tocco di dopo-sbronza.»

«Ah, accettabile, dopo una serata passata con i tuoi amici.»

Un amico. No, un conoscente che spero di non rivedere più. Ma come faccio a spiegarle che ho licenziato il migliore chef in città?

Entriamo in cucina per toglierci i guanti e lavarci le mani.

Brooke mi rivolge un sorriso smagliante. In questi giorni è sempre dissennatamente felice. *Dev'essere bello.* «Vado a casa. Domani possiamo rivedere il piano di marketing che mi ha preparato Sydney. Dobbiamo ancora costruire una solida base di clienti.»

«Certo. Oh, quasi dimenticavo, ho parlato della locanda con i miei amici in città ieri sera e ho un contatto con l'editore di *Leisure Travel* per chiedere che pubblichino un articolo su di noi.»

Lei mi dà una stretta al braccio. «Splendido! Sei sempre al passo! Sembra perfetto. Ciao!»

Esce in fretta e la seguo lentamente per chiudere la porta, di colpo senza più energie. Mi sposto sul comodo divano beige e crollo, troppo esausta per arrivare al mio appartamento al piano di sopra. Torno con la mente a Spencer, cercando di capire quando tutto è andato storto. Non riesco a capirlo. L'unica cosa che riesco a concludere è che, semplicemente, non gli piaccio abbastanza. Forse non ero la finta moglie devota di cui aveva bisogno.

Mi costringo ad alzarmi dal divano. Basta piangermi addosso. Sono una donna d'azione. Vado di sopra e preparo la mail da mandare ad Alex perché la inoltri all'editor di *Leisure Travels*. Una volta soddisfatta, gliela invio poi, dato che ci sono, mando un'e-mail agli ex-amici che partecipavano al matrimonio con le fotografie della locanda, un link al nostro sito web e un caloroso invito a fermarsi qui. Ho concluso tutto quello che era rimasto in sospeso da ieri sera.

Chiudo il laptop e mi prendo la testa tra le mani, con la mente di nuovo affollata di pensieri su Spencer. Quello stupido biglietto.

Come ha osato chiedere scusa! Che faccia tosta, che *audacia*.

Lo affronterò immediatamente, chiedendogli di rimangiarsi le scuse. Non può essere *dispiaciuto* per la notte scorsa. Può essere d'accordo con me che sia meglio tornare allo status quo, capo e dipendente a contratto. Sono un'adulta. A volte si passano bei momenti con qualcuno, poi è finita, e va bene. Si volta pagina.

Mi serve il suo indirizzo. Aspettate, ha detto che oggi doveva lavorare all'Horseman Inn. Il lunedì sono chiusi, quindi aspetterò domani per affrontarlo, nella sua giornata libera, senza testimoni. Prendo la borsa, con tutte le intenzioni di mandargli un messaggio per incontrarci ma quando prendo il telefono c'è un messaggio dalla mia sorellina, Kayla. È una fotografia del suo bulldog inglese, Tank, accoccolato con il suo gatto marrone. Dice: *Guarda, abbiamo preso un gattino a Tank ed è innamorato.*

Sono ridicolmente contenta per la distrazione. Rispondo: *Adorabile. Com'è successo?*

Kayla: *Sono andata al rifugio per cercare un cucciolo da prendere in affidamento per il programma Best Friend Care e mi sono innamorata di Simba. È il nome che aveva ma penso che gli si adatti.*

Io: *Niente cucciolo?*

Kayla: *Il cucciolo era troppo vivace per i gusti di Tank. È un tipo piuttosto tranquillo.*

Io: *Pigro, direi.*

Mi piace il programma Best Care Friends che addestra i cani del rifugio perché diventino compagni per i veterani con la PTSD. Non sapevo che avessero cuccioli che avevano bisogno di un affidamento. È un segno.

Io: *Ci sono altri cuccioli?*

Kayla: *Non lo so. Dovresti andarci, perché c'era parecchia gente interessata.*

Io: *Ci vado.*

Kayla mi manda una sfilza di emoji festose.

È esattamente quello di cui ho bisogno per levarmi dalla mente gli uomini che fanno cose stupide. Desidero un cane, un pelosetto pieno di amore incondizionato. Ed è per una buona causa.

Poco dopo sono al rifugio di Summerdale. È un edificio con le pareti rosse, dietro lo studio del veterinario. Ci sono stata una volta quando hanno gettato le fondamenta e Brooke e io cercavamo di pubblicizzare la locanda alla gente del posto. Avevamo lasciato le brochure nello studio del dottor Russo accanto al modellino architettonico dell'edificio che ora è finito, grazie a numerose raccolte fondi e a donatori generosi. Sono piuttosto sicura che mio fratello, Wyatt, abbia fatto la donazione più generosa, ma lui preferisce restare anonimo.

Apro la porta a vetri ed entro nello spazio allegro. I pavimenti sono di legno lucido, probabilmente per facilitare la pulizia dopo eventuali "incidenti". C'è un piccolo bancone come reception. Dietro c'è una ragazza con lunghi capelli biondi. Immagino frequenti le superiori.

Mi sorride: «Salve, sono Deena, che cosa posso fare per lei?».

«Salve. Sarei interessata all'affidamento di un cucciolo per il programma Best Friend Care.»

Lei spalanca gli occhi carichi di mascara. «Ooh, appena in tempo. Ne è rimasto solo uno.» Balza in piedi e gira intorno alla scrivania. «Sono impazziti tutti per i cuccioli di golden retriever. Abbiamo accolto una madre incinta. Non sappiamo chi sia il padre, ma i cuccioli sembrano di razza pura. Venga.» Mi indica di seguirla mentre va verso il fondo del rifugio.

La seguo oltre la sala visite, un altro ufficio, verso un grande canile. C'è una fila di gabbie di metallo, oltre a due grandi spazi agli angoli chiusi da cancelletti.

Indica una delle are recintate, arredata con delle sedie

pieghevoli. «È dove coccoliamo i cani. Entri e si sieda e le porterò Collarino Verde.»

«Collarino Verde?»

«Sono così giovani che li abbiamo semplicemente identificati con un colore. Abbiamo immaginato che i proprietari avrebbero dato loro un nome.»

Annuisco e mi dirigo verso l'area coccole, scavalcando il cancelletto e sedendomi. Mi manca il fiato quando vedo la morbida palla di pelo dorato in braccio a Deena. Indossa un collarino verde e si guarda intorno incuriosito.

Le vado incontro al cancelletto e lei mi mette in braccio il cucciolo, che mi mette immediatamente le zampe sulle spalle, leccandomi il collo. Accarezzo la sua testa morbida e lui mi lecca la guancia, scodinzolando con tutta la parte posteriore. «Oh mio Dio, che meraviglia sei!»

«È un maschietto. Dovrà riportarlo per essere castrato. Il dottor Russo lo fa gratuitamente per i genitori adottivi.»

Tengo più stretto il corpicino che si dimena, adorando già il bambino peloso che ho in braccio. «Allora, che cosa devo fare per prenderlo in affidamento?»

«Esattamente quello che sta facendo. Solo amarlo, presentarlo a gente diversa, in ambienti diversi in modo che diventi docile e sociale. Quando avrà sei mesi dovrà affiancarlo a uno dei nostri addestratori. Una volta che avrà ottenuto il suo certificato di cane da terapia, uno dei nostri volontari si metterà all'opera per trovargli un compagno definitivo.»

«Quando succede normalmente?»

«Quando si tratta di un cucciolo, solitamente sono assegnati alla loro casa definitiva quando hanno un anno. Dipende dai bisogni speciali del veterano.»

«Adesso che età ha?»

«Nove settimane. Quindi probabilmente lo potrà tenere per dieci mesi.»

Guardo Collarino Verde e i suoi grandi occhi marrone mi fissano. «È un tempo abbastanza lungo. Come dovrei chiamarti?»

Lui mi lecca la guancia e si dimena. Lo metto a terra e lui

si appoggia alla mia gamba, chiedendo di essere preso di nuovo in braccio. Lo raccolgo e lo tengo stretto. «Ti chiamerò Bear perché sei proprio un orsacchiotto.»

«Dovrà compilare qualche documento e ho il dovere di dirle che sarà difficile lasciarlo andare, ma sappia che aiuterà un veterano a riavere solide basi nella sua vita. Prendere in affidamento un cucciolo è un atto di amore puro.»

Mi si riempiono gli occhi di lacrime. «Ho tanto amore da dare.» Non me ne rendevo conto fino a questo momento. Il cane mi sorride. Lo giuro! Gli accarezzo il corpicino.

Deena indica la porta. «Da questa parte, signora.»

Mi blocco. *Signora?* Le sembro davvero così vecchia? Mi lampeggia davanti il grande 30, l'invito al matrimonio, piangere per giorni.

Spencer aveva strappato in due l'invito. Com'ero stata contenta.

No, non voglio pensare a lui.

La seguo, continuando a coccolare Bear. Chi ha bisogno di un uomo quando si ha un cucciolo come Bear?

9

Spencer

È passata una settimana. Spero che Paige e io riusciamo ad avere una conversazione civile. Sto fornendo il catering con pochissimo preavviso. Questa è una vera e propria fuga d'amore, in cui la coppia ha deciso di sposarsi dopo essere arrivati ieri. Ho dovuto modificare i miei programmi per riuscirci e l'ho fatto solo perché voglio una conversazione a faccia a faccia con Paige. Parte di me pensava che l'avrei sentita prima, o che almeno avrebbe accennato al mio biglietto. Sarebbe stato cortese.

Ma poi ho cominciato a pensare che fosse troppo sconvolta per rispondere ed è peggio che non pensare che fosse troppo sgarbata per ignorare il gesto. Che danno ho fatto, approfittandomi di una donna vulnerabile? Non lo so ancora. È stata impegnata a decorare la pergola nuziale in cortile con l'aiuto di sua sorella e non sono ancora riuscito a parlarle. Paige sembra più rilassata oggi, vestita in modo casual con un abito a righe bianche e nere che le arriva appena sotto il ginocchio e le spalline sottili. Di solito indossa camicette, pantaloni o gonne eleganti sartoriali. Da vera professionista. Che cosa l'ha convinta ad addolcire il suo aspetto? Il sesso favoloso? Dopotutto forse non sono il cattivo della storia.

Sto facendo delle crostatine con le pesche che ho comprato questa mattina al mercato contadino quando finalmente si ferma in cucina. Appare dalla direzione opposta a quella che mi aspettavo. Deve aver usato la scala posteriore del suo appartamento prima di entrare nella locanda.

Resta a una certa distanza nella vicina sala da pranzo, con in braccio un fagottino di pelo dorato. «Come va qui?» Non sembra assolutamente sconvolta. Un gran bel segno.

Mi pulisco le mani con uno strofinaccio e mi avvicino. «Sta andando bene. Avremo un'insalata di rucola con pomodori, qualche stuzzichino e crostatine con le pesche. Jenna ha mandato una piccola torta nuziale, come le hai richiesto.» Jenna è la proprietaria di Summerdale Sweets, la pasticceria locale.

Paige accarezza il cane che ha in braccio, sorridendogli. «Bene.»

Strano, di solito Paige vorrebbe sapere esattamente quali stuzzichini ho preparato. Non è da lei non intervenire. Forse trattandosi di un matrimonio dell'ultimo minuto, sta seguendo la corrente.

«Di chi è il cane?» le chiedo, dando una grattata dietro l'orecchio al cane.

«Mio. È in affidamento mentre lo addestrano a essere un cane da terapia.» Parla al cane con la voce che si usa per i bambini. «Si chiama Bear perché è proprio un orsacchiotto.»

La fisso, sorpreso da quanto è amorevole. E lo sembra anche. Quasi come se stesse tenendo in braccio un bambino. Mi passa per la mente la visione di Paige come madre amorevole e sento il calore che si diffonde. Non sono pronto per il matrimonio e i figli. Ho ventinove anni. È qualcosa che vedo nel lontano futuro, quando sarò il proprietario di un ristorante di successo.

Mi concentro su Bear e gli lascio annusare la mano. Lui la lecca. «Sembri felice.»

Lei sorride e mi guarda negli occhi. Il mio cuore comincia a battere più forte. «Sì.»

Mi ha perdonato. Sapevo che il biglietto sarebbe stato

meglio di un messaggio. Comunque, ho bisogno di saperlo con certezza. «Quindi va tutto bene tra di noi.»

«Mmm-mmm» dice, sorridendo a Bear.

Di colpo voglio che sorrida a me così. Voglio rivedere quel sorriso, fuori dal lavoro. «Che ne dici di venire a cena a casa mia stasera, tu e Bear. Avevamo parlato di cucinare per te. Per lui posso preparare della carne.»

La sua espressione diventa impassibile e sbatte un paio di volte le palpebre.

L'ho sorpresa con questo invito?

Paige si riprende in fretta. «Uhm, è una serata pazzesca con la locanda e tutto il resto.»

«Ah, certo. Beh, fammi sapere quando avrai una serata libera.»

Lei mi rivolge un sorriso che non arriva agli occhi. «Arrivederci.» E torna fuori con Bear.

La osservo mentre saluta lo sposo, che accarezza Bear, e poi torna verso la locanda, cogliendo il mio sguardo attraverso la finestra. Non c'è fuoco negli occhi fissi nei miei, solo l'espressione serena di una donna che ha tutto quello che le serve per essere felice. E io non sono incluso.

Maledizione. La rivoglio. Non mi interessa se è per litigare o cenare con me. Voglio che le importi qualcosa di me.

Appena rientra le dico: «Le pesche non andavano bene per le crostatine. Le sostituirò con le mele».

«Mi sembra che vada bene» dice, senza rallentare mentre va di sopra, probabilmente per andare a controllare la sposa.

Sento lo stomaco che si contrae. I cambi di menu finora l'hanno sempre fatta uscire di testa. Adesso quello che faccio non potrebbe importarle di meno.

«Che cosa non va con le pesche?» mi chiede il mio assistente, Rick.

Scuoto la testa. «Niente, continueremo a usarle.» Volevo solo vedere se Paige stava prestando attenzione. È come se non le importasse niente della nostra notte insieme.

Sono io quello che non riesce a togliersela dalla testa.

Quando vedo Paige la volta dopo è sul terrazzo appena fuori dalla cucina con Bear al guinzaglio. Bear sta annusando in giro mentre Paige sta facendo qualcosa al telefono.

Esco. «Ehi, come sta andando?»

Lei non si prende nemmeno la briga di alzare gli occhi. «Sto occupandomi della musica. La sposa vuole della musica retrò, anni Sessanta. Credo che voglia un'atmosfera allegra, perfetta perché Summerdale è stata fondata dagli hippie. È sul nostro sito web. Forse è quello che l'ha attirata alla locanda. Si fa chiamare Rainbow.»

«Bello.» Mi ficco le mani in tasca e mi schiarisco la voce. «È bello vederti.»

Lei tocca il telefono ancora un paio di volte.

«Dopo il matrimonio magari possiamo bere qualcosa insieme.»

Lei raccoglie Bear. «Sono occupata, ma grazie.»

«Paige, aspetta.»

Lei si ferma e mi guarda con aria assente. Dov'è il fuoco che prima era diretto a me. O lo sguardo adorante che rivolgeva al suo finto marito?

Sento il calore salirmi al collo a quei pensieri pateticamente smielati. «Sei arrabbiata con me?»

«Perché dovrei essere arrabbiata con te?»

«Non lo so.»

Lei fa spallucce e si sistema tra le braccia il cucciolo che si contorce. «Non lo so nemmeno io. Ci vediamo.»

«Ci vediamo» borbotto.

Paige torna in casa e io resto indietro per un momento. Abbasso la testa. Che cosa deve fare un uomo per essere notato dalla donna con cui ha fatto del sesso fantastico? *Io so* che è stato fantastico. *Lei* sa che è stato fantastico. E adesso non conta più niente?

Dobbiamo parlare.

Sono così distratto mentre osservo Paige che prepara la cerimonia che riesco a malapena a concentrarmi. Grazie al

cielo i miei assistenti lavorano intorno a me in modo impecca-
bile. Passo a loro la maggior parte della preparazione.

Quando è tutto pronto per la cerimonia, esco sul terrazzo
per guardare. Di solito Paige la tiene d'occhio da lontano.
Brooke è accanto alla pergola per fare le fotografie. Paige si
volta e va verso il terrazzo. Bear dev'essere nel suo appartamento perché c'è solo lei. È la mia chance per parlare,
finalmente.

Lei mi passa accanto, diretta dentro la locanda. Okay, forse
va a prendere la sposa. La fermerò quando esce.

La mia assistente, Sara, mette la testa fuori dalla porta
posteriore. «Ti occuperai tu delle crostatine?»

«Fatele tu e Rick questa volta. Mi fido di voi.»

«Sicuro?»

«Sì, ho bisogno di parlare di una cosa con la proprietaria.»

«Okay, ma non abbiamo il tocco magico che hai tu con
l'impasto.»

«Usate acqua gelata quando farete l'impasto. Non lascia-
telo seccare prima di essere pronti a usarlo. Metteteci sopra
uno strofinaccio umido se avete bisogno di tempo.»

Lei ripete il mio ordine tre sé e sé, annuendo. «Okay. Farò
così.»

Non ha una preparazione professionale e nemmeno suo
marito. Impara facendo, proprio come ho fatto io. Paige si era
detta d'accordo con me che l'esperienza è un buon maestro
mentre stava facendo la sua confessione in braccio a me prima
del matrimonio, la settimana scorsa. Mi ha detto di avere una
laurea in Economia, ma di non aver imparato niente dei lavori
in banca finché non ci aveva effettivamente lavorato. La stessa
cosa per il lavoro di agente immobiliare e adesso la gestione
di una locanda. Siamo entrambi grandi lavoratori, pragmatici.

Si apre la porta posteriore e Paige appare con la sposa che
indossa un abito di cotone bianco con margherite all'unci-
netto che le arriva alle caviglie. Le ha abbinate a sneaker alte.

«È una bella giornata per il tuo matrimonio» le dice Paige.

La sposa resta in silenzio mentre cammina verso la
pergola.

Paige la guarda e, sottovoce, le dice qualcosa che non riesco a sentire. Arrivano alla passatoia rossa che porta alla pergola e Paige tocca lo schermo del telefono. Comincia a suonare la marcia nuziale.

La sposa cammina lentamente lungo la passatoia.

Paige si volta e torna verso il terrazzo. Dio, è bella. Il sole le colpisce i capelli, evidenziando le sottili ciocche più chiare che le ricadono in onde sensuali sulle spalle. Non so perché litigassimo tanto in passato. Tutto quello che voglio adesso è prenderla tra le braccia.

Paige sale i gradini del terrazzo. «Il nostro terzo matrimonio. Sembra che il tema funzioni.»

«Mi chiedo quanti saranno fughe d'amore.»

Lei mi raggiunge, guardando verso la cerimonia. Adesso la sposa è accanto allo sposo. «Dipende da quanta gente impulsiva si farà viva.»

«Potresti essere responsabile per l'aumento della percentuale dei divorzi. Forse dovresti offrire un pacchetto "divorzio d'impulso.»

«Non è divertente.» Tiene gli occhi fissi sulla cerimonia. «È romantico.»

Sbuffo. «Romantico è un'altra parola per dire finzione. L'uomo accetta di fare tutta questa roba finta per compiacere la donna come ho recitato io la parte di marito per te.»

Paige scuote la testa. «Ecco perché sei single.»

Apro la bocca e la richiudo, piccato dal suo commento. Da quando mi importa il fatto di essere single? Mi piace la libertà.

Lei alza gli occhi su di me. «Ho strappato in due il tuo biglietto e l'ho buttato via. Non è stato soddisfacente come strappare l'invito del mio ex, ma quasi.»

È arrabbiata con me. Beh, almeno le importa qualcosa. Che cos'ho di sbagliato?

Mi volto a guardarla. «Sarebbe stato meglio se te l'avessi detto in faccia?»

«Te ne sei andato, quindi non lo so.»

«Dovevo tornare a Summerdale per lavorare.»

«Giusto.»

Proprio in quel momento la sposa afferra l'orlo del vestito e si precipita verso di noi lungo la passatoia, con gli occhi spalancati.

«Oh, merda» borbotta Paige sottovoce. «Rainbow, che cosa c'è che non va?»

Lo sposo la insegue, vestito con una camicia, farfallino e jeans. «Rainbow, aspettami!»

Rainbow ci passa accanto ed entra nella locanda. Lo sposo la segue.

Brooke ci raggiunge sul terrazzo. «Ha detto che non riusciva a sostenere la pressione.»

«Ci ha ripensato» dice Paige.

«Non dovremmo entrare e calmarla?» chiede Brooke.

Proprio allora lo sposo esce, passandosi una mano sui corti capelli castani. È giovane, sui venticinque. «Ha detto che deve controllare i suoi tarocchi. Posso aspettare. Non c'è fretta, giusto?»

«Certo» dice Paige.

«Posso offrirti un drink?» gli chiede Brooke.

«No, grazie, vado a fumare.» Si dirige verso lo stagno delle carpe Koi, un punto isolato circondato da piante alte.

Le sorelle hanno un'intensa comunicazione silenziosa. Ho la sensazione che la sposa non tornerà, ma non voglio essere quello che lo dice.

Ci arriva il ruggito di un furgoncino che accelera lungo la strada. Paige si china oltre la ringhiera del terrazzo per guardare. «Oh, mio Dio!»

Si volta a guardarci. «Rainbow se n'è appena andata con il suo furgoncino VW.»

Brooke si morde il labbro. «Pensi che tornerà?»

Paige scuote lentamente la testa.

«Una di noi dovrebbe informare lo sposo» dice Brooke.

«E se fosse così furioso da non voler pagare per il matrimonio o la stanza?» chiede Paige. «Non avevano una carta di credito, quindi ho detto che avremmo accettato i contanti.»

Brooke espira sibilando.

«Vado a dirgli della sua sposa» dico. «Da uomo a uomo. Non vorrà perdere la faccia apparendo come un pappamolla, sgattaiolando via. Poi farò in modo che paghi.»

«Oh, Spencer!» esclama Brooke. «Sarebbe meraviglioso. Grazie mille!»

«Dovrei farlo io. Sono l'albergatrice.»

«Lascia che lo faccia io per te» dico. «Possiamo prendere quel drink una volta che si saranno calmate le acque.»

«Un drink?» ci chiede Brooke guardandoci. «Voi due?»

«Ti ho detto che sono occupata.» Paige va verso i gradini, probabilmente per parlare con lo sposo.

La seguo da vicino e le afferro il braccio, fermandola. «La prenderà meglio se glielo dice un uomo.»

Lei guarda la mia mano sul braccio. «Lasciami andare.»

«Ho la sensazione che tu sia arrabbiata con me.»

«Wow, sei un genio.»

Mi piace la sua risposta. Molto di più della sua espressione indifferente. «Okay, mi sono già scusato per quella notte. Esattamente, perché sei arrabbiata?»

«Esattamente, perché ti stai scusando?»

Mi avvicino e le sussurro all'orecchio: «Perché eri vulnerabile e io me ne sono approfittato. Sembrava che stessi per piangere».

«Non stavo per piangere. Non piango mai per le stupidate.»

Mi tiro indietro e la guardo, offeso. «Quindi adesso io sono una stupidata?»

«Tutta quella notte è stata stupida. Portarti al matrimonio del mio ex, perfino andare al matrimonio. La cosa più stupida che abbia mai fatto.»

«Più stupida che venire a letto con me?»

Lei si volta, incrociando le braccia. «Non voglio parlarne.»

«Perché? È stato meraviglioso, devi ammetterlo.»

Paige resta zitta.

«Il momento era sbagliato, con te in quello stato di vulnerabilità, ma non significa...»

Lei si volta di colpo. «Che cosa? Che possiamo ancora fare sesso? No, grazie.»

«Ti ho chiesto un drink o una cena. Non ti ho detto di venire a letto con me.»

Paige alza il mento. «Stessa cosa. Mi hai invitato a cena a casa tua. Un'ambientazione intima. Pensi che non ci sia già passata con un uomo?»

«Non con me.»

Lei sbuffa. «Che cosa vuoi?»

Te. «Non lo so.»

Paige espira forte. «Non ho tempo per questa cosa. Vado a parlare con lo sposo.»

Le afferro il braccio, tirandola indietro verso di me.

Lei si libera il braccio con uno strattone. «Smettila di afferrarmi.»

«Smettila di scappare.»

I suoi occhi mandano fiamme e sento una fitta di desiderio, un fuoco altrettanto vivo nelle mie vene. Sta battagliando con me perché tra di noi c'è qualcosa. Passione. Il fatto che ci sia ancora anche se siamo già stati insieme è impressionante. Non provo mai più passione, dopo.

«Mi desideri ancora.»

«Non mi serve niente da te.»

«Sì, invece. Hai bisogno di me nella tua vita.»

«Addio, Spencer.» Va verso lo stagno a cercare lo sposo.

La seguo a passo lento. Non la sto inseguendo come un uomo disperato. Semplicemente, non abbiamo ancora finito di parlare.

Lei appare un momento dopo da dietro le piante alte che circondano lo stagno. «Non c'è.»

Mi guardo attorno. Eravamo così presi a litigare che non abbiamo notato che lo sposo se l'è filata.

«Brooke! Hai visto passare Greg?» grida Paige.

«No» risponde Brooke alzando gli occhi dal suo telefono. «No, pensavo fosse nell'area di meditazione.»

Paige si affretta a tornare nella locanda con Brooke e me alle calcagna.

«Non può essersene andato senza pagare» dice Paige. «Abbiamo anticipato un mucchio di soldi per il matrimonio e avevano prenotato due notti.»

«Controllo la loro stanza» dice Brooke, correndo verso le scale.

Paige controlla il soggiorno vuoto e poi va alla porta d'ingresso, controllando l'esterno. Guardo sopra la sua spalla.

Di colpo, una Fiat convertibile nera svolta a tutta velocità nella strada. È...

«La mia auto! Ha rubato la mia auto!» Paige corre fuori. «Ehi! Quella è la mia auto!»

L'auto accelera e sparisce. «Merda.»

Mi volto a guardarla. «Credo che adesso tu abbia veramente bisogno di quel drink.»

«Vai a casa!» Volta sui tacchi e torna dentro.

La seguo perché ha bisogno di me.

10

Paige

Sono all'inferno. Non solo i due si sono lasciati, ho appena scoperto che il mancato sposo ha distrutto la mia auto. Fortunatamente è sopravvissuto allo schianto. Sono alla stazione di polizia in città, a sporgere denuncia al capo della polizia, Eli Robinson. È il fratello minore di mia cognata Sydney, quindi è di famiglia. Si sta comportando in modo completamente professionale adesso, e lo apprezzo. Sto mentalmente sommando i costi del matrimonio mancato, della stanza e della sostituzione dell'auto, che aveva cinque anni, quindi potrò recuperare solo il valore attuale, dedotta la franchigia. Significa che dovrò sborsare altri soldi per comprare un'auto nuova.

Maledizione, adoravo quell'auto. Era il regalo che mi ero fatta dopo la prima grossa vendita immobiliare. Avevo venduto un attico a due piani a una ricca coppia anziana, che poi aveva fatto girare la voce, dicendo quanto avevano apprezzato lavorare con me.

«Vuoi vedere l'auto?» mi chiede Eli. «L'hanno rimorchiata da Murray's. C'era il signor Murray alla guida del carro attrezzi e ha detto che era una causa persa.»

Scuoto la testa. «No, grazie. Dove si è schiantato Greg?»

«In effetti non lontano da Murray's. Stava girando a tutta velocità in quella zona, cercando la sua ragazza, ha fatto un ultimo giro quando era già buio, lungo una strada serpeggiante, ed è finito contro un palo del telefono, che si è abbattuto sull'auto. È stato fortunato a cavarsela. Un braccio e un paio di costole rotti e una commozione cerebrale.»

«Aah!» Sembra orribile. Di notte, qui è veramente buio. Ci sono solo un paio di lampioni. Nella maggior parte dei posti è nero come la pece. E io che pensavo di essere all'inferno, ma è molto peggio per quel povero mancato sposo, scaricato in quel modo. È difficile restare arrabbiata con Greg ripensando alla sua giornata: lasciato all'altare e poi quasi ucciso in un incidente. Ovviamente era un'auto *rubata*, ma la sua ragazza aveva preso il suo furgoncino e non stava pensando razionalmente. Avevo lasciato le chiavi sul tavolo da pranzo, a disposizione, dopo aver fatto una corsa per comprare del detersivo per pulire dove aveva sporcato il cucciolo. La giornata era stata un tale turbinio di attività che le avevo dimenticate finché non era stata rubata l'auto.

Finisco di compilare la denuncia e la consegno a Eli. Poi mi alzo e gli stringo la mano. «Ti ringrazio per il tuo aiuto.»

«Sto solo facendo il mio lavoro.» Mi prende un braccio, in un mezzo abbraccio. «È stato bello rivederti, Paige. Come vanno le cose alla locanda, a parte questo?»

Sospiro. «Ci stiamo arrivando. Non siamo ancora in attivo ma ci sono segni di vita.»

«Le cose possono solo migliorare.»

Sorrido e mi volto, trovando Spencer appoggiato allo stipite della porta con le braccia incrociate sul petto. È stato così silenzioso che mi ero dimenticata che fosse lì. Avrebbe potuto accompagnarmi Brooke, ma Spencer aveva insistito.

Mi indica di precederlo e mi segue, tenendomi aperta la porta mentre esco dalla vecchia casa vittoriana che ora serve come stazione di polizia. Non so perché mi resta accanto dopo avermi scaricato prima. Immagino abbia preso sul serio la faccenda di essere amici.

Apre la portiera del pick-up nero e salgo. Appena sale al posto di guida gli dico: «Grazie per il passaggio».

«Nessun problema.» Esce dal parcheggio e si dirige verso la locanda. «Hai avuto una giornata infernale. E dopo l'ultimo fine settimana...»

«Non ricordarmelo.» Era già abbastanza brutto aver dovuto vedere il mio ex sposare la donna con cui mi aveva tradito, ma poi avevo fatto un enorme errore innamorandomi del mio finto marito. La verità è che Spencer è solo un altro uomo cui interessa solo fare sesso, non avere una relazione seria. Vabbè. Non continuerò a rimuginarci sopra. Ho abbastanza problemi di cui occuparmi.

«Non preoccuparti dei costo del catering per il matrimonio» mi dice Spencer. «Lo offrirò io e donerò il cibo a un rifugio.»

«Una donazione mi sembra giusta, ma ti pagherò comunque. Oggi non è stata colpa tua. È la mia locanda che gestisce le fughe d'amore, quindi la responsabilità è mia.»

«Anche le spose in fuga.»

Sospiro.

«Troppo presto?»

Faccio un respiro profondo, non sono ancora pronta a ridere con lui. «Mi stanchi a morte.»

«Meglio che approfittarsi di te.»

Mi siedo diritta. «Quando ti sei approfittato di me?»

Lui si ferma a un semaforo rosso e mi guarda. «La notte in cui siamo stati insieme. Eri vulnerabile, dopo aver affrontato il tuo ex.»

«Ammetto che è stata una serata difficile, ma poi le cose sono cambiate.»

Spencer mi dà un'occhiata scettica.

«Quindi pensi che quella notte fosse tutta responsabilità tua? Ti ho invitato io a casa mia.»

«Siamo stati entrambi ma avrei dovuto essere io quello che metteva i paletti. *Io* non ero vulnerabile.»

«Spencer. Ho passato dei momenti bellissimi con te quella notte. Una volta tanto mi sono sentita felice e poi tu...»

«Che cosa?»

«Hai rovinato tutto.»

Spencer mi indica. «Ecco, è quello che stavo dicendo. Quindi mi sono scusato e adesso penso che dovremmo ricominciare da zero. Magari non stasera, ma quando lo vorrai potremmo cenare insieme.»

«E poi?»

«Che cosa intendi dire con e poi?»

«E poi facciamo di nuovo sesso?»

«Se lo vuoi.»

Mi aggrappo all'ultima briciola di pazienza. Quest'uomo non ha senso. Amanti, amici, forse amanti? «E *tu*, che cosa vuoi?»

Spencer non risponde. Il semaforo diventa verde e lui accelera.

Guardo fuori dal finestrino, troppo esausta per trattare con lui. Restiamo in silenzio per tutto il percorso verso casa.

Svolta nel vialetto della locanda e finisce la conversazione come se non avessimo mai smesso di parlare. «Immagino di volere te.»

«*Immagini?*» Apro la portiera del pick-up e scendo, sbattendola poi alle mie spalle. «*Passo*, grazie.»

«Parleremo quando non sarai così sconvolta.»

Vorrei prendere a calci il suo stupido pick-up, ma indosso i sandali. Invece alzo la testa e mi volto, allontanandomi con la mia dignità intatta. Non ho più voglia di istruire uomini sprovveduti. Non mi meraviglia che Brooke abbia tenuto alla larga gli uomini così a lungo con la storia del finto fidanzato. Gli uomini sono fottutamente stancanti.

Entro nella locanda e mi lascio cadere sul divano del soggiorno. Arriva un messaggio da Brooke e un momento dopo lei scende di corsa le scale.

«Ha lasciato una recensione con una sola stella!»

Maledizione. È brutto, perché avevamo solo altre due recensioni, da cinque e quattro stelle da ospiti locali. Fa scendere di molto la nostra media. Clicco sulla recensione che mi ha appena inviato Brooke. La sposa in fuga si è presa il tempo di lasciare una recensione a una stella su un importante sito di viaggi. La leggo e resto a bocca aperta.

Atmosfera orribile, personale insensibile e tutto quello che fanno è farti pressione per venderti il loro pacchetto "fuga d'amore". Il mio ragazzo si è sentito spinto a chiedermi di sposarlo. Adesso mi ha scaricato perché ci ha ripensato. Risparmiatevi il crepacuore ed evitate questo B&B se avete una relazione.

«Riesci a crederci?» esclama Brooke. «Farà scappare tutte le coppie su cui puntiamo!»

«Non abbiamo mai fatto pressioni su nessuno! Ed è stata lei a ripensarci.»

Brooke cammina avanti e indietro in soggiorno. Io sono troppo esausta per camminare.

Si ferma. «Okay, probabilmente era solo sconvolta e ha lasciato una recensione mentre era ubriaca, giusto? Forse possiamo metterci in contatto e chiederle di cambiarla.»

«Abbiamo noi il diritto di essere arrabbiati, molto più di lei. Ci ha lasciati senza pagare il conto.»

Brooke mi dà un'occhiata ironica. «Siamo nell'industria dell'ospitalità. Dobbiamo pensare al quadro generale.»

Clicco sul nostro sito web. È troppo orientato sul romanticismo? Non credo. Ci sono le fotografie della locanda e delle stanze sulla pagina iniziale. Si deve cliccare apposta su "fughe d'amore" e "matrimoni". Stringo le labbra. «Non pregheremo per avere una buona recensione.»

«Glielo chiederò solo gentilmente, okay?»

Mi cadono le spalle. Oggi non posso affrontare un altro problema. «Okay. Chiamala. Sei più gentile di me.»

«Okay.»

La abbraccio e le auguro buonanotte. Lei va a casa, nel suo accogliente cottage con il marito, Max.

Io mi trascino al piano di sopra, al mio appartamento e apro la porta. Oh, merda. I miei cuscini sono a brandelli, ci sono fiocchi di ovatta dappertutto. Bear trotterella verso di me con un fiocco di ovatta dell'imbottitura appiccicato al muso. Oh, chi sarà mai stato? Almeno il mio appartamento non è stato devastato da un ladro o da una sposa vendicativa.

Tutto quello che posso fare è ridere. L'alternativa sarebbe urlare.

Audrey mi ha invitato alla Serata delle Donne all'Horseman Inn e sto sforzandomi di rilassarmi. Il vino dovrebbe aiutarmi. Sono state tutte così carine.

«Potrei averne un altro, per favore?» chiedo alla barista, Betsy. È giovane e carina in un modo un po' retrò, con i capelli rosa e parecchi piercing abbinati a un outfit che sembra venire dagli anni Cinquanta. Fa sembrare rigido il mio solito abbigliamento business casual.

«Fatto» dice, stappando un delizioso Sauvignon blanc francese. Devo ringraziare mio fratello, Wyatt, per l'impressionante scelta di vini e birre. È il suo progetto preferito da quando ha sposato Sydney, la proprietaria di questo posto.

Audrey si china in avanti. «Un altro Pinot grigio per me, per favore.»

Jenna interviene dall'altra parte. «Guardate! Voi due state veramente bevendo vino al Club del Vino del Giovedì.» Lei sta bevendo un Martini dry.

Sorrido. Audrey ha spiegato che questo doveva essere il Club del Libro, ma che nessuno leggeva mai il libro, si limitavano a bere vino, quindi Sydney l'aveva rinominato il Club del Vino del Giovedì, poi tutte erano passate ad altri drink. Non si può mettere un'etichetta a questo gruppo.

«Audrey e io siamo ribelli» dico, facendo ridacchiare Jenna e Sydney. Audrey assomiglia a una compassata bibliotecaria, quindi immagino che sia divertente pensare a lei come a una ribelle. L'ho trovata sorprendentemente sincera e acutamente intelligente. Adoriamo parlare di libri.

C'è anche la minore delle mie sorelle, Kayla, e interviene subito per difendermi. «Paige ha preso la decisione di diventare un'imprenditrice, che è già in sé un atto di ribellione.»

Aspettate. Sono io quella con un aspetto così compassato

da non poter essere una ribelle? È per quello che stanno ridendo?

«Io sono una ribelle perché mi attengo all'acqua nella serata del vino» dice Sydney con un sorriso autocompiaciuto. Si accarezza la pancia. «Sono sicura che il bambino lo apprezzerà.» È incinta di quattro mesi e ne parla in ogni occasione. Il mio nipotino (o nipotina) arriverà a gennaio. Sono felice per lei ma non è così interessante sentir parlare in continuazione della gravidanza. Mi piacerà di più quando lui o lei arriveranno.

«Audrey è una ribelle perché sta scrivendo il Grande Romanzo Americano» dico. «Ci vuole fegato per mettere l'anima in un libro e farla vedere a tutto il mondo.» Non sto rivelando un segreto, le sue amiche le stavano chiedendo del libro appena arrivate.

Audrey scuote la testa. «Beh, non la chiamerei una ribellione, direi più una dimostrazione di coraggio.»

Facciamo un brindisi per Audrey. Alle donne piace davvero fare un brindisi ogni volta che arriva un drink o quando qualcuno dice qualcosa di profondo.

Entra Wyatt, con gli occhi incollati su sua moglie. In mano, un sacchettino regalo.

«Ehi, Wyatt,» dice Kayla «che cosa ci fai alla Serata delle Donne?»

Lui le dà un'occhiata. «Salve a tutte.» Dà un bacio a Sydney e le consegna il sacchetto. Adora sua moglie.

Lei arrossisce, con gli occhi che brillano. «Che cos'è?» Apre il sacchetto e ne toglie una tutina bianca con la scritta *Diavoletto* e le corna da demonio.

Kayla e io ci scambiamo un'occhiata divertita. Quando Wyatt e Sydney si sono incontrati, lei lo chiamava Satana. Nel senso di malvagio. All'inizio non lo sopportava. Una volta cominciato a frequentarsi, era diventato un termine affettuoso e lui ha cominciato a chiamarla diavolessa. Adesso avranno un diavoletto.

«Non ti preoccupa mettere un maleficio sul bambino non ancora nato?» chiede Jenna.

«Mi piace!» esclama Sydney, mettendo le braccia intorno al collo di Wyatt. Ha gli occhi lucidi di lacrime.

Distolgo lo sguardo, inaspettatamente commossa.

Kayla si asciuga gli occhi. «Sono così felice per voi.»

Wyatt solleva un braccio, attirando Kayla in un abbraccio di gruppo e lei si precipita.

Audrey beve un lungo sorso di vino e io faccio lo stesso. Jenna sta sorridendo e mandando un messaggio. Probabilmente sta dicendo a suo marito, Eli, che vuole anche lei un bambino.

«Come va il lavoro?» mi chiede Audrey.

«Orribile.»

«Perché? Che cos'è successo?»

Le racconto tutta la storia della sposa in fuga, dello sposo che mi ha rubato l'auto e l'ha distrutta e della recensione a una stella.

«È successo sabato scorso e lo sento solo adesso?» chiede Audrey.

«Non volevo disturbarti con i miei problemi. Te l'avrei detto al Club del Libro, ma la riunione è stata cancellata.» Si era rotto il condizionatore in biblioteca che aveva temporaneamente chiuso mentre ne installavano uno nuovo.

«Tesoro, non devi aspettare fino alla Serata delle Donne per raccontarmi delle cose. Chiamami in qualsiasi momento.»

«Davvero?»

Lei mi stringe il braccio. «Certo.»

Mi sento come se mi avessero tolto un peso dalle spalle. Le mie sorelle sono vicine ma è bello sapere che ho anche un'amica. «Grazie. So che non dovrei permettere che mi infastidisca tanto. Arriveranno altre recensioni e la media risalirà.» Sospiro. «Sinceramente sto ripensando all'enfasi sui matrimoni.»

Kayla si intromette nella conversazione mentre torna al suo posto. «Ma è così romantico! Il matrimonio di Brooke alla locanda è stato meraviglioso. Solo perché hai avuto un cattiva esperienza non significa che dovresti cancellare l'intera idea.» Alza un dito. «Permettimi di contattare la mia wedding planner. Hailey ha dei contatti con la rivista *Bride Special*. Magari potrebbero voler coprire il prossimo matrimonio che prenoterai e la situazione si ribalterà.»

Mi siedo un po' più diritta. *Bride Special* è una rivista a diffusione nazionale. Potrebbe essere proprio ciò di cui ho bisogno. Non ho ancora avuto risposta dall'editore di *Leisure Travels* e l'agenda di Alex è stata troppo piena per accettare il mio invito a farci visita. Non fa mai male avere più pubblicità.

«Sarebbe meraviglioso. Grazie Kayla.» Mi rivolgo ad Audrey. «Adesso ci serve solo una coppia fidanzata. Ne conosci qualcuna?»

«Le mie amiche sono tutte sposate, tranne te.»

«Giusto.» Bevo un sorso di vino.

«C'è la possibilità che tu ti fidanzi entro il prossimo paio di mesi?» mi chiede.

Quasi sputo il vino. «No.»

«Potresti mettere in palio un pacchetto "fuga d'amore" da sogno, come pubblicità. Le spose si metterebbero in fila per vincerlo.»

Kayla si eccita facilmente.

«Ma lo scopo della fuga d'amore non è quello di mantenere le cose intime e di basso profilo?» chiedo. «Che cosa la renderebbe una fuga d'amore da sogno?»

Kayla resta in silenzio per un momento.

«Cioccolato da un ottimo cioccolatiere.»

«Io posso procurarti dell'ottimo cioccolato» dice Jenna.

Kayla la indica, come per dire "come ha detto lei".

Sorrido a Jenna, la proprietaria di Summerdale Sweets. «Sai che sei la persona a cui mi rivolgo sempre quando si tratta di dolci.»

«Oh, un abito da sposa firmato!» esclama Kayla. «Perfino una sposa in fuga d'amore vorrebbe avere un vestito speciale.»

«Mi sembra costoso per noi» dico.

Kayla sembra avvilita.

«Ci penserò» le dico.

«Parlando di matrimoni,» dice Sydney «ho sentito che sei

andata a un matrimonio con Spencer. Le prove per il grande giorno?»

Arrossisco. Spencer ha parlato del nostro appuntamento? O è stata Audrey? È difficile tenere i segreti in una cittadina come questa. Sono ancora abituata all'anonimità della grande città.

Wyatt ha il braccio sulle spalle di Sydney, quindi è come se stessi parlando con entrambi. Mi guarda aggrottando la fronte.

«Come l'hai saputo?» chiedo.

Kayla alza cautamente una mano. «Potrei averlo menzionato io. Spencer mi stava chiedendo di te e del tuo ex ed è così che ho saputo che aveva accettato di accompagnarti.»

Resto a bocca aperta. «Spencer ti ha chiesto del mio ex? Che cosa gli hai detto?» Kayla è tremendamente sincera e parla sempre troppo.

Lei spalanca gli occhi marrone chiaro e la fa apparire innocente, ma la conosco bene. «Niente di male! È stata tutta colpa di Noah ed è quello che ho detto a Spencer.»

Vorrei chiederle se gli ha rivelato come fossi distrutta, come non mi fossi alzata dal letto per una settimana e mi fossi trascinata per mesi, ma non voglio rivelare la mia patetica storia al gruppo.

«Allo-o-ora,» chiede Sydney tutta allegra «com'è Spencer come accompagnatore?»

Tutti gli occhi sono puntati su di me. Arrossisco, come mi succede quando ricordo quanto è stata meravigliosa quella notte, ma poi... «È okay» dico.

«Solo okay?» dice una voce profonda dietro di me. Sobbalzo e mi volto vedendo l'uomo che non è mai lontano dai miei pensieri.

Spencer mi rivolge un sorriso ironico. «Sembravi piuttosto soddisfatta quella notte.»

Resto senza fiato.

Le donne ridacchiano.

«Attento» lo minaccia Wyatt.

Sbuffo guardando il fratellone iperprotettivo. Ha due anni più di me e si comporta come se fosse responsabile per me.

Sento un fiotto di emozioni rivedendo Spencer. C'è stato per me durante il matrimonio del mio ex ed è rimasto per tutta l'odissea della sposa in fuga lo scorso fine settimana. C'è qualcosa di attraente in un uomo che ti resta al fianco quando le cose vanno a catafascio.

Non rendergli le cose facili. Ti ha scaricata dopo aver fatto sesso con te.

Lo guardo dall'alto al basso, nella sua uniforme da chef, camicia bianca e pantaloni. «Non dovresti essere occupato a cucinare qualcosa?»

Sulle labbra sensuali si dipinge un lento sorriso sexy e il mio cuore batte più forte. «Mi piacerebbe cucinare per te. Che ne dici di domani sera?»

Noto che le donne normalmente chiacchierine sono in assoluto silenzio, tutte intente a osservare noi due. Accettare una cena intima con lui sarebbe pericoloso e non voglio ripetere l'esperienza di una notte e via.

«Sono tremendamente occupata alla locanda» gli dico. «Ho talmente tante cose in ballo, cose che non posso rimandare.»

«Oh-h-h» dice una voce femminile dietro di me, come se fosse delusa dalla mia risposta, probabilmente è Kayla. Lei adora Spencer. Lavoravano insieme quando lei faceva la cameriera qui.

«Sistemerò tutto io» dice semplicemente Spencer. «Di qualunque cosa tu abbia bisogno. Poi potremo cenare insieme.»

«Allora, come ti sembra adesso?» chiede Sydney a Wyatt. Mio fratello è il re degli impiccioni, quello che sistema i problemi di tutti, che lo vogliano o no.

«È un tratto ammirevole» dice Wyatt. «Approvo.»

«Un altro motivo per scappare molto, molto lontano» dico a mio fratello.

«Non essere sciocca.»

«Sono sicuro che tu voglia cambiare quella frase» dice

Spencer a Wyatt con un accenno di minaccia nella voce. «Anche se apprezzo il sostegno.»

Wyatt inclina la testa, un maschio alfa verso un altro. «Paige, quando un uomo si offre di risolvere i tuoi problemi, è un atto d'amore.»

Sydney gli dà una stretta e gli bacia la guancia. Lui le rivolge un sorriso abbagliante e ricambia la stretta.

Spencer tossicchia. «Non so se la metterei proprio così.»

Sorpresa. Spencer si è spaventato alla parola amore. Non voglio un uomo che ha paura di una vera relazione. Detesto provare ancora qualcosa per lui. È possibile che voglia qualcosa di più di una semplice botta a via? Se lo sapessi di sicuro, se ci fosse un modo per sperare... Ma non voglio scottarmi due volte.

«Non preoccuparti» dico a Spencer. «Ho tutto sotto controllo. Ho solo bisogno di lavorare per riportare tutto sulla strada giusta.»

Lui studia la mia espressione, guarda il resto del gruppo e fa un passo indietro. «La mia pausa è finita.» Va in fretta verso la porta riservata al personale, che conduce in cucina.

Finisco il vino in un solo lungo sorso.

Audrey mi accarezza la schiena e mi parla all'orecchio in tono gentile. «Ha un approccio un po' brusco, ma credo che le sue intenzioni siano buone.»

Vorrei raccontarle tutti i sordidi particolari del motivo per cui non voglio avere più niente a che fare con Spencer, ma ci sono troppi testimoni, incluso mio fratello, che scatenerebbe l'inferno per difendermi. Prenderebbe a calci in culo chiunque per le sue sorelle, e ora anche per Sydney. Sarà un padre favoloso. Spero che lui e Sydney abbiano un mucchio di bambini, così potrà concentrarsi su di loro invece che su di noi, che siamo adulte. È un po' imbarazzante avere trent'anni e un fratello maggiore iperprotettivo.

«È complicato» dico ad Audrey.

Lei si ringalluzzisce. «Sono tutta orecchie.»

«Più tardi.»

Lei annuisce e sorride. «Capito.»

La conversazione si sposta di nuovo sul romanzo di Audrey. Le sue amiche sono follemente curiose al riguardo, probabilmente perché lei si rifiuta di condividere i particolari finché non sarà finito. Dice che soffocherebbe la sua creatività. Glieli estorcerò, da un'amante dei libri a un'altra.

Poco dopo escono tutti per tornare a casa.

Audrey mi accompagna alla mia auto a noleggio. «Mi vuoi dire che cos'è successo con Spencer?»

«Tu mi vuoi dire di che cosa parla il tuo libro?»

Lei si avvicina e sussurra: «Parla di un soldatessa che lotta con i demoni del suo passato».

«Parli di demoni soprannaturali?»

«No, è realistico. PTSD, la sindrome da stress post-traumatico. E risale a generazioni di militari nella sua famiglia. Una saga militare familiare.»

«Wow, interessante. Quindi...»

«È tutto quello che ti dirò, che è più di quanto ho detto a chiunque altro. Che cosa sta succedendo con Spencer? Che cos'è successo a quel matrimonio?»

«È stato un perfetto finto marito per tutta la sera. Ci siamo divertiti.»

«E?»

«E poi abbiamo fatto sesso e lui se n'è andato prima che mi svegliassi, proprio come una femminuccia.»

«Orribile.»

«Ecco che cosa c'è di veramente orribile: ha lasciato un biglietto scusandosi. Un biglietto di scuse dopo il sesso! Ovviamente pensava fosse stato un errore. E l'unico motivo per cui mi chiede di andare a cena a casa sua è per avere una ripetizione. Penso di avere imparato la lezione.»

Lei piega la testa, pensierosa. «Non lo so. Sembrava sincero stasera. Forse rimpiange di essersi mosso così in fretta e sta solo cercando di ricominciare, con un appuntamento in tono minore, per conoscervi meglio.»

Sbuffo. «Questa non è una commedia romantica. Non apparirà improvvisamente...»

«Paige, aspetta!»

Audrey ridacchia mentre fisso scioccata Spencer che corre verso di me nel parcheggio. Ha i capelli in disordine, come se ci avesse passato le dita e se li fosse tirati.

«Ciao» dice, un po' senza fiato quando mi raggiunge.

«Ci vediamo dopo» dice Audrey agitando le dita e dirigendosi verso la sua luccicante VW Beetle rossa.

«Non devi...» Smetto di parlare quando lei si allontana. Mi volto a guardare Spencer. «Ciao.»

«Ciao.»

Aspetto, sperando che dica qualcosa che indichi che Audrey ha ragione. Se vuole conoscermi potremmo avere un futuro.

«Perché non vuoi cenare con me?» mi chiede.

Resto a bocca aperta.

Lui si ficca le dita tra i capelli. «Sono uno chef. È quello che faccio. Qual è il problema? Non ti piace la mia cucina?»

«La tua cucina va benissimo.»

«Allora che cos'è?»

Mi metto le mani sui fianchi. «Devo dire di non avere mai avuto un invito a cena così rabbioso prima d'ora.»

«Non sono furioso, sono frustrato.»

Mi guardo attorno. Ci siamo solo noi. Mi avvicino e abbasso la voce. «Allora perché mi hai mollato dopo il sesso?»

La sua voce si addolcisce. «Ti ho lasciato un biglietto.»

«Perché non avevi il coraggio di affrontarmi la mattina.»

Lui indica il ristorante. «Dovevo andare a lavorare.»

«Stronzate.»

«Hai letto la parte in cui dicevo che speravo potessimo essere amici? Significava che volevo vederti ancora.»

Friendzonata. Proprio quello che desidera una donna dopo un sesso da favola. Forse lui non aveva pensato che fosse così bello.

Lo guardo con una smorfia sul viso. Lui alza le mani. «Avevi gli occhi pieni di lacrime ed eri vulnerabile per via del tuo ex e non potevo affrontare le lacrime per qualcosa che avevo fatto.» Espira bruscamente. «Avrei dovuto restare e accettare la mia punizione.»

«Punizione?»

«Sentirmi da schifo per averti addolorato. Mi dispiace di essermene andato. Avrei dovuto, che ne so, confortarti o qualcosa. Se serve, mi sono comunque sentito da schifo.»

Non poteva sopportare di avermi addolorato. Sbatto un paio di volte le palpebre. È sorprendentemente sensibile, così preoccupato per i miei sentimenti feriti che si era scusato e si era tirato indietro. Avevo gli occhi pieni di lacrime solo perché in quel momento provavo tantissimo per lui. Ero mezza innamorata.

«E poi non ti ho sentito per una settimana» dico. «Non è carino.»

«Speravo che col tempo le cose si sarebbero appianate e potessimo tornare a essere amici.» Guarda il cielo. «Sembra stupido quando lo dico a voce alta.»

«Era stupido. Non sparisci dopo aver fatto sesso con qualcuno. È uno scenario da zero seconde occasioni.»

Spencer si passa la mano sui capelli. «Immagino che tu abbia capito che non sono bravo nelle relazioni. Voglio migliorare. Con te. Almeno.»

Deglutisco il groppo di emozione che mi si è incastrato in gola. È sincero. «Non stavo piangendo perché ero vulnerabile a causa del mio ex.»

«Allora era a causa mia?»

Guardo un punto appena oltre la sua spalla. Non sono ancora pronta a spiegargli quanto sono profondi i miei sentimenti per lui. È troppo presto. È una cosa troppo nuova e non so se anche lui è al mio stesso punto. «Ero solo esausta. Non si trattava né di te né di lui. Semplicemente, tutta la giornata è stata troppo.»

Spencer mi pizzica il mento, guardandomi negli occhi. «Sii sincera.»

Guardarlo negli occhi fa tornare quella connessione profonda, riscaldandomi. Voglio dargli un'altra possibilità, questa volta con più cautela. «Cenerò con te, a casa mia. Potrai cucinare alla locanda.»

Spencer sposta la mano, appoggiandomela alla guancia. «Quando?»

Ho i nervi a fior di pelle. «Va bene domani.»

Lui mi rivolge un sorriso e fa un passo indietro, rimbalzando un po' sui talloni. «Okay. Perfetto. Sto già elaborando un menu, anche per Bear.»

Non posso fare a meno di sorridere. «Va bene.»

Lui mi punta un dito addosso. «Sarà fenomenale. Puoi contarci.»

Sorrido. Si è scusato con sincerità. E chiunque si prenda la briga di includere il mio cane nei suoi programmi per la cena si merita una seconda chance.

È il mio primo vero appuntamento con Spencer. Finora non sembra molto diverso da quando sta cucinando normalmente alla locanda. Abbiamo ospiti ma in questo momento sono fuori. Spencer ha offerto loro stuzzichini gratuiti all'Horseman Inn per liberarsene. Si era irritato perché lo avevo invitato mentre tecnicamente stavo ancora lavorando. Immagino che avrei dovuto rimandare di qualche giorno, ma era così ansioso di cucinare per me e una parte di me non voleva aspettare.

Sta preparando dei cordon bleu di pollo, insieme a patate al gratin a fettine sottili e broccoletti. Bear si godrà un grosso hamburger dopo la nostra cena. Spencer mette in forno la teglia con le patate. «Peccato che tu stia lavorando questa sera.»

Sorseggio il vino. «Sembra che ti piaccia veramente cucinare per me, quindi ho accettato.»

Spencer mi rivolge un'occhiata cupa. «Adesso sarai distratta.»

Indico la stanza. «Siamo solo noi adesso.»

«E Bear.»

Bear dorme profondamente contro la porta sul retro, sdraiato sulla schiena con le zampe per aria. Così carino, con quel pancino peloso dorato in mostra.

«Non credo che rivelerà i tuoi segreti» dico ridendo.

«Vieni qua.»

«Perché?»

«Perché sei così difficile?»

Sollevo le sopracciglia. «Scusa?»

Mi indica con la mano. «È tutta la sera che stai a due metri da me, con un bancone in mezzo.»

Mi appoggio al bancone che separa la cucina dalla zona pranzo, appoggiandomi ai gomiti. «Non volevo esserti d'intralcio.»

Lui esce dalla cucina, col suo passo spavaldo e mi raddrizzo, cercando di non farmi influenzare dalla sua assoluta fisicità. Ho visto da vicino quei muscoli scolpiti e quel grosso corpo.

Lui si avvicina, invadendo il mio spazio personale. Faccio un passo indietro. Lui mi passa fulmineo un braccio intorno alla vita, bloccandomi. Il mio polso diventa irregolare e comincio a respirare più forte.

«Così va meglio» mormora un attimo prima di appoggiare le labbra sulle mie. Sento una fitta di desiderio, proprio come la prima volta in cui ci siamo baciati. *Mi è mancato.* Mi infila le dita nei capelli, tenendomi a posto per un bacio che continua. Sento le ginocchia molli, il desiderio che mi bagna tra le gambe.

Bau! Bau! Bau!

Spencer si tira indietro con un sorriso ironico. «Bear vuole partecipare all'azione.»

Raccoglie il cane, che si è messo davanti a me come un feroce protettore, e lo solleva verso di me, naso a naso. Bear cerca di leccami le labbra, ma mi sposto, prendendolo in braccio come fosse un bambino, con le sue zampine anteriori sulla spalla.

Lo accarezzo dietro le orecchie. «Preparati per l'hamburger.» Mi volto verso Spencer. Ha un'espressione tenera negli occhi, come se provasse qualcosa per me. Sento le farfalle nello stomaco, il cuore che batte forte. «Ha tutto un così buon odore.»

Lui riporta l'attenzione sulla cena e torna in cucina. «Sei una distrazione, Winters.»

«Adesso siamo tornati ai cognomi?»

«Chiamo per cognome solo i miei migliori amici. Sii lieta di esserne degna.»

Segnali contrastanti, direi. Mi bacia e mi definisce un'amica. Non mi meraviglia che sia confusa quando sono con lui.

«Sono così lusingata.» Metto a terra il cucciolo che si sta dimenando e lui cerca le briciole in cucina. «Quindi adesso siamo amici intimi.»

«Sì, quelli che si baciano.»

«È come dire trombamici?»

«Dimmelo tu.»

Mi occupo di preparare la tavola per noi due. Niente da fare. Sono troppo coinvolta per fingere di riuscire ad accettare di restare una trombamica.

«Hai cominciato a cercare un'auto nuova?» mi chiede.

«Sto ancora aspettando che arrivino i soldi dell'assicurazione.»

«Posso farti avere un buon prezzo. Mio padre ha una catena di concessionarie. Usate e nuove, perlopiù Nissan, Chevrolet e Jeep, con qualche altro modello ogni tanto.»

«Sarebbe una bellissima cosa, grazie.»

«Nessun problema. Sei riuscita a ottenere qualche recensione più positiva per la locanda?»

«Solo una. Lo sposo di un altro matrimonio ci ha lasciato quattro stelle, con un commento eccellente.»

«Commento eccellente e solo quattro stelle? Perché così tirchio con le stelle?»

«Non lo so. Immagino che tutti abbiano una propria scala per ciò che costituisce un soggiorno a cinque stelle. Ha fatto i complimenti allo staff, alla stanza e alla cucina.»

«Vedi. Sono il tuo asso nella manica.»

«La modestia non è il tuo forte.»

«È perché la modestia non ti porta da nessuna parta.» Appoggia i cordon bleu in una teglia di vetro e si lava le mani. «Hai qualche altra prenotazione per un matrimonio?»

«No. Ma quelli di *Bride Special* – è una rivista molto importante specializzata in spose – hanno detto che sarebbero lieti di fare un articolo su un matrimonio, se ne avremo uno. Ora dobbiamo solo trovare degli sposi che vogliano fare il grande passo qui.»

«E la rivista di viaggi del testimone di nozze?»

Sospiro. «Ho finalmente avuto notizie dall'editrice di *Leisure Travel*. Ha detto che non hanno spazio quest'anno e che dovrei risentirli a dicembre per la prossima estate.»

«Beh, è già qualcosa.»

Lo guardo mentre suddivide le cimette del broccolo e li mette nella vaporiera. Non mi interessa cucinare ma quando lo fa lui è affascinante guardare il modo sicuro in cui si muove. Apprezzo la competenza. Con il senno di poi, probabilmente non avrei dovuto rendergli la vita difficile per tutti i cambi improvvisi di menu per gli eventi. Sa quello che fa ed è sempre un miglioramento, cosa che ammetterò solo con un coltello alla gola. O un altro mazzo di rose da lui. Sono una pappamolla.

Spencer si appoggia al bancone, con l'ombra di un sorriso sulle labbra. «Potrei trovarti una sposa per il tuo articolo. Recensione a cinque stelle garantita.»

Ho quasi paura di chiederlo. «Chi?»

«Te. Abbiamo recitato la parte degli sposini. Potremmo fingere di sposarci senza ottenere una licenza, in modo che sembri vero anche se non lo è. Poi io lascerei una recensione da urlo.»

Vado col pensiero a Spencer in smoking, che mi guarda negli occhi con quell'espressione tenera che mi rivolgeva quando fingeva di essere mio marito. Sento la bocca asciutta, ogni parte di me è allerta. «È folle.»

«Siamo stati molto convincenti quella sera come coppia sposata e abbiamo già elaborato una storia. *E ho ancora gli anelli.*»

Perché ha tenuto gli anelli? Che cosa significa?

Io incrocio le braccia, cercando disperatamente di mantenere le distanze. Non ho intenzione di ricascarci, con lui. Sono io quella che resterà ferita. «Immagino che vorrai una vera luna di miele. È quello l'inghippo, vero? Poi tu mi mollerai.»

Sento il polso che accelera al pensiero di un'altra notte con lui. Una bella notte con un buon mattino dopo. Una notte *perfetta*. «È sempre un'idea folle fingere di sposarsi, anche senza l'inghippo.»

Spencer si sposta verso di me, con un luccichio negli occhi che mi eccita e mi rende cauta. «Niente inghippi, Paige. Sono io il premio.»

Resto senza parole per un attimo davanti alla sua arroganza.

Lui si avvicina in fretta, mi afferra abbracciandomi, ridacchiando piano accanto al mio orecchio. Mi dimeno per un momento, temendo che stia ridendo di me, ma poi mi stupisce sussurrandomi all'orecchio: «Sei tu il vero premio».

Spencer

Paige resta completamente immobile tra le mie braccia. «Che cos'hai detto?» chiede parlando contro il mio petto.

Vabbè. Non posso negarlo adesso. La voglio nel mio letto, nella mia cucina, nella mia vita. Non posso incasinare questa relazione come tutte le altre. Devo muovermi con cautela.

Mi tiro indietro abbastanza per guardarla e faccio un respiro profondo. «Sei una donna eccezionale. Nel caso non sia chiaro, sono pazzo di te.»

«Davvero?»

«Nessuna è riuscita a entrarmi dentro come te. Sei bella, intelligente e forte. La donna ideale per me.»

«Forse tu sei l'uomo ideale per me.» C'è un accenno di sorriso sulle sue labbra. «Perché anche tu sei bello, intelligente e forte.»

Lascio cadere le braccia. «Sì, okay. Perché mi sembra di mettere a nudo la mia anima mentre tu stai segretamente ridendo di me?»

Paige mi mette le braccia intorno al collo e mi bacia con passione. Il fuoco esplode tra di noi, la testa si svuota. La sollevo sull'isola della cucina, bocca a bocca. Lei mi passa le mani dappertutto, con le gambe avvolte intorno alla mia vita. Dentro di me ruggisce un desiderio che non ho mai provato prima.

Paige interrompe il bacio. «Aspetta, la cena.»

Quasi gemo. Ha ragione. Non posso sprecare tutto questo buon cibo. Il punto, questa sera, era di dimostrarle le mie qualità migliori, anche se non sono uno sprovveduto a letto, e ne ha già avuto un assaggio.

Faccio un passo indietro. «Hai ragione.»

«Mi piace sentirti dire che ho ragione. È così dolce.» Mi afferra la testa e mi bacia di nuovo. Poi mi spinge via. «Vai. Finisci di fare quello che stavi facendo.»

«Stavo per portarti a letto. Finiamo quello?»

Paige mi accarezza la guancia. «Sei tornato a un velo di barba. Mi piaceva più lunga.»

«Notato.» Le prendo la mano e le bacio il palmo. «Okay, torno in cucina. Ti avevo promesso la cena.»

Paige sorride, sembra contenta e tutto ciò che voglio fare è darle più piacere. Torno in cucina e finisco di preparare la cena. Paige porta fuori Bear e fa partire un po' di musica per noi. Un mix tranquillo di soft rock.

Quando ci sediamo a cenare, ho superato il picco di lussuria, ma non il desiderio. Non so quanto potrò aspettare prima di stare nuovamente con lei. Ricordo ogni momento della nostra notte insieme. Il suo delicato profumo di vaniglia, la pelle di seta, i suoi dolci suoni gutturali. Devo nascondere un gemito tutto mio.

«Spencer's. È come chiamerò il mio ristorante quando potrò permettermi un posto tutto mio.»

«Spencer's cosa?»

«Solo Spencer's.»

«Spencer's Place, Spencer's Bistro, Spencer's Grill?»

«Lascerò che decida la gente come pensarla. Per me sarà un ristorante dal campo alla tavola in una proprietà dove potrò coltivare frutta e verdura fresca e tenere qualche animale.»

«Una vera e propria fattoria? Sai come gestirla?»

«Troverò gente che lo sappia, fare.»

Paige mangia un boccone di pollo e chiude gli occhi estasiata.

Sento di nuovo crescere il desiderio. La voglio così prepotentemente. Non è solo il fatto che è sexy e le piace la mia cucina. È lei. Focosa e dolce.

«Oh, mio Dio, Spencer, è fantastico. Assaggialo.»

La voce mi esce roca. «So che sapore ha. Grazie.»

Paige mangia un altro boccone, con un'espressione di beatitudine sul volto.

Mangio la mia cena, osservandola continuamente. Le piace talmente mangiare che non smette per conversare. Il miglior complimento per uno chef. Il cibo l'ha ammaliata.

Finisce, appoggia la forchetta e sospira. «Mi potrei abituare.»

«Anch'io. Sembra che siamo perfettamente compatibili, quindi perché litigavamo di continuo?»

Paige scuote la testa. «Non lo so. La tua arroganza?»

«Mmm, forse la tua testardaggine e la tua prepotenza.»

«Caratteristiche che condividi con me.»

Nascondo un sorriso. «So qual era il problema. Ti arrabbiavi ogni volta che cambiavo il menu o dicevo qualcosa di remotamente ammiccante.»

I suoi occhi colore del whisky sembrano divertiti. Le piace battibeccare quanto piace a me, anche se adesso c'è un sottofondo di calore. «Sì, ma adesso vedo che sai quello che fai in cucina, quindi dovrei semplicemente lasciarti libero di fare.»

«È un fatto. Generoso da parte tua ammetterlo. Ora, dimmi, perché mi detestavi tanto quando flirtavo? Alla maggior parte delle donne piace.»

Lei guarda il soffitto prima di fissarmi negli occhi. «Perché non lo facevi solo con *me*. Lo fai con tutte. Hai flirtato con me e mia sorella contemporaneamente, quando ci siamo incontrati per la prima volta alla locanda.»

«È così che sono con le donne. Tutto qui.»

«Notizia flash: una donna vuole sentire di essere l'unica che riceve un'attenzione speciale. Ti dico subito che non credo al fatto di frequentare più persone allo stesso tempo. Se un uomo mi interessa abbastanza da uscire con lui, è l'unico con cui voglio farlo. E mi aspetto lo stesso da lui.»

Perfetto. Una donna che sa quello che vuole: me.

«Stiamo insieme?» le chiedo.

Le sue guance diventano rosa e giochicchia con il tovagliolo, piegandolo e mettendolo sul tavolo. «Stasera sembrava un primo appuntamento.»

«Tecnicamente è il nostro secondo appuntamento e non ho visto nessuno tra il primo e questo. Immagino che mi renda l'unica persona che frequenti.»

Ci pensa, con un sorrisino sghembo sulle labbra. Sento che sta arrivando una discussione, quindi approfitto di quel momento per prendere l'hamburger che ho preparato prima e spezzettarne un po' nella ciotola per Bear, che lo divora e poi si lecca i baffi.

Paige mi raggiunge in cucina con i piatti, li sciacqua e li mette nella lavastoviglie. Finisce e poi si volta a guardarmi. «Il fatto è che non voglio essere automaticamente l'unica persona che frequenti. Voglio che tu lo scelga. Niente incertezze» abbassa il tono della voce, imitandomi in modo orribile. «Immagino che tu sia l'unica persona che frequento. Sei mai stato monogamo?»

Sospiro esageratamente, fingendo di essere offeso. «Vedi, mi stai giudicando perché flirto, presumendo che sia un donnaiolo.»

Lei giocherella con i capelli, lisciandoli indietro. «Beh...»

«È un semplice divertimento innocuo. Sono sempre stato monogamo, motivo per cui probabilmente niente è durato a lungo. Quando perdo interesse, preferisco mettere fine in modo pulito e passare alla prossima persona. Soltanto un codardo tradisce. Come penso di averti già detto. Non mi dispiace ripeterlo, data la tua esperienza con uomini di livello inferiore.»

Lei sorride con gli occhi che brillano. Le piace il sottinteso di chiamare codardo il suo ex. Comunque, è la verità.

Continuo a blaterare, sperando di dire le cose giuste. «Immagino che dovrò assumermi una parte di responsabilità per la brevità delle mie relazioni. Se mi fossi comportato meglio, probabilmente a questo punto una relazione sarebbe durata. Voglio che le cose vadano diversamente con te.»

Lei sospira. Non so se sia un buon segno oppure no.

«Mi desideri» dico, sfidandola a negarlo.

Lei alza le mani. «Mi fai impazzire.»

Mi avvicino, mettendole un braccio intorno alla vita, passandole un dito lungo il lato del collo. «Ma nel senso *sono pazza di te*.»

I suoi occhi lampeggiano e mi preme le mani sul petto. «Non andremo a letto insieme questa sera. Era solo una cena.»

«Che ne dici della cucina?» Mi chino e la bacio sul collo, passandole dolcemente i denti sulla pelle. Paige rabbrividisce.

«I mie ospiti torneranno da un momento all'altro» sussurra.

«Possono entrare da soli.»

Lei guarda verso la porta d'ingresso.

«Lasciami entrare» dico contro le sue labbra.

Lei si tira indietro per guardarmi. «Non so se lo intendi in modo sconcio oppure come: cerchiamo di conoscerci.»

«Entrambi i modi.»

Paige mi afferra la testa e parla in tono feroce. «Cerca di non farmelo rimpiangere.»

«Rimpiangi la prima volta?»

«Sì!»

«Perché?»

«Perché mi hai lasciato uno stupido biglietto per scusarti, mi hai mollato e non ti sei fatto sentire per una settimana, ecco perché.»

«Questa volta dovrai cacciarmi dal tuo letto a calci.» La bacio, ma lei si tira indietro, esaminando la mia espressione.

C'è un momento di tensione tra di noi mentre ci fissiamo

negli occhi. Non le ho forse detto che ero pazzo di lei? Ed è lo stesso per lei. Lo ha ammesso, in un certo senso.

Non ho intenzione di pregarla. È la mossa di un uomo disperato. Deve venirmi incontro a metà strada.

«Per favore.» La tiro nuovamente verso di me e la bacio ancora, approfondendo il bacio. Lei si ammorbidisce contro di me, abbracciandomi. *Sì! Mia, tutta mia!*

Bear abbaia.

Lei si stacca sorridendo. «Bear mi vuole tutta per sé.»

«Dovrà battersi con me per quel privilegio.» La prendo in braccio e la porto attraverso la locanda e sulle scale che salgono al suo appartamento.

12

───────

Paige

Spencer si ferma sulla porta della mia stanza, rimettendomi in piedi. «Quindi questo è il tuo rifugio. Mi aspettavo più rosa.»

Do un'occhiata al mio letto, con la trapunta bianca e la testiera imbottita beige. Le pareti sono marrone chiaro, il soffitto bianco. «C'è un po' di rosa nel tappeto.»

«È quasi tutto beige. È un posto in cui un uomo si sentirebbe a suo agio.»

Prima di capire come rispondergli, mi bacia, infila le mani sotto la mia blusa di seta, accarezzandomi. Sento immediatamente una fiammata di calore. Gli tiro la camicia, togliendola dalla cintura dei jeans.

Lui si muove più in fretta, togliendomi i vestiti mentre mi bacia e poi mi guida verso il letto. Colpisco il materasso con le gambe e lui mi spinge indietro. Sono nuda e lui è solo a torso nudo.

Mi appoggio sui gomiti, sul punto di chiedergli che si spogli quando mi allarga le gambe. Si inginocchia e mi bacia l'interno di una gamba. Mi lascio andare, inondata di sensazioni.

Lui continua a baciarmi l'interno dell'altra gamba, arrivando maledettamente vicino a dove lo voglio, si ferma e mi guarda. «Mi hai dato una seconda chance. Credo nelle ricompense.» Abbassa la testa, baciandomi il sesso. *Sì!* Sento il desiderio pulsare. Ricordo quanto è bravo. Sto quasi vibrando nell'attesa.

Lui mi allarga con le dita e la sua lingua fa cose folli. Allargo le braccia, persa nel piacere.

Muovo inconsciamente i fianchi mentre mi spinge sempre più vicina al precipizio. *Oh mio Dio.*

Suona il telefono sul comodino, quello che uso per la locanda, e volto la testa. Probabilmente gli ospiti della locanda hanno bisogno di qualcosa.

Una mano mi afferra il fianco, tenendomi ferma.

«Devo rispondere» dico.

Spencer solleva la testa. «Prima devi venire per me.»

«Spencer... Ah!» L'intensità va alle stelle quando mi blocca con entrambe le mani sui fianchi, spingendomi implacabilmente avanti. E poi succhia piano e io esplodo con un grido acuto, con il piacere che scorre come lava fino alla punta dei piedi.

Mi lascio andare, in uno stato di meraviglia stordita, fissando il soffitto senza vederlo.

Spencer si allontana dal letto. Sento un fruscio di vestiti, il rumore della confezione del preservativo.

E mi rendo conto di colpo che il telefono sta suonando di nuovo. Mi metto in ginocchio, gattonando verso il comodino. Lo prendo proprio mentre Spencer mi afferra da dietro, coprendomi con il calore del suo corpo.

«Pronto» dico senza fiato.

«Potremmo avere un cuscino in più nella stanza verde?» chiede una donna anziana. Dorothy, credo.

Spencer mi morde il lato del collo abbastanza forte da far male. Trattengo uno strillo.

«Sì!» dico. «Sarò felice di portarglielo.»

«Grazie, mia cara, mi serve per le anche.»

Spencer allinea i nostri corpi e io cerco di finire in fretta la telefonata. «Nessun problema! Sono momentaneamente occupata con un altro cliente, ma arriverò. Mi dia venti minuti.» Una spinta improvvisa mi toglie il fiato, riempiendomi.

La voce di Spencer mi vibra all'orecchio. «Mi servono più di venti minuti.»

La donna continua: «Il medico dice che aiuta tenerle allineate».

«Più di venti» riesco a dire.

«Harold, ti serve qualcosa?» chiede a suo marito.

Le dita di Spencer mi accarezzano dolcemente tra le gambe mentre si spinge forte. Gemo piano.

«Tesoro, stai bene?» chiede la donna, assolutamente ignara.

«Sì» rispondo con la voce roca.

«A Harold servirebbero altre lavette.»

Spencer dà un'altra spinta, mandandomi un'altra fitta di piacere.

«Sì, sì» dico. «Tutto quello che vi serve. Venti, trenta minuti.» Chiudo la chiamata e lascio cadere rumorosamente il telefono sul comodino. Poi do una botta sulla spalla a Spencer. «Mi farai avere un'altra pessima recensione.»

«Da te mi aspetto una recensione a cinque stelle. Adesso fai la brava e accetta.»

Stringe i denti sul tendine del collo mentre continua con le spinte, una dopo l'altra. È instancabile e mi sta spingendo sempre più in alto. Le sue dita si uniscono all'azione, accarezzando, stringendo, girando intorno. Il modo primordiale in cui mi tiene, il suo calore sulla mia schiena, la sensazione di essere completamente posseduta mi portano a un punto di beata sottomissione. Tremo sotto di lui e lui mi sussurra lodi all'orecchio.

Di colpo è troppo, i miei fianchi sussultano, cercando l'orgasmo. Spencer prende il controllo, tenendomi fermi i fianchi mentre continua a spingere e ritrarsi lentamente e in profondità, con le dita che mi sfiorano, facendomi impazzire.

Sto bruciando. «Per favore, per favore.»

Le sue dita mi lasciano e protesto: «Ehi!».

Spencer mi spinge la testa sul cuscino, mi afferra i fianchi e si spinge forte e in fretta. L'angolazione colpisce proprio il punto giusto. Continuo a salire. Sto respirando affannosamente, col piacere che si diffonde.

Lui geme, rallentando.

Io piagnucolo, incoerente, senza parole, mentre gli chiedo in silenzio di continuare. Mi tiene lì, sull'orlo dell'orgasmo con le sue lente spinte profonde.

Mi copre, parlandomi accanto all'orecchio. «Adesso verrai per me, bellezza.»

Mi sento percorrere da un brivido. «Sì» riesco a dire.

Tornano le sue dita, mi accarezzano con esattamente la pressione giusta mentre continua con le spinte. Sento crescere rapidamente la pressione. Sento il suono del suo respiro aspro. Vuole il mio piacere; si sta trattenendo per me. *Amore.*

I miei fianchi si inarcano una volta, due volte e Spencer mi tiene stretta a lui, continuando a strofinarmi con le dita magiche. Grido, con l'orgasmo che mi colpisce forte, con un'intensità inaspettata.

Mi blocca i fianchi con le sue mani grandi, tirandomi verso di lui a ogni forte spinta. Respiro forte, ogni movimento mi porta altro piacere. Spencer emette un gemito gutturale, stringendomi forte mentre si lascia finalmente andare. Lo sento pulsare dentro di me, in contrappunto con il mio stesso pulsare.

Quando finalmente mi lascia andare, crollo sul letto, spenta. Spencer atterra accanto a me, ricadendo sulla schiena.

Mi scosta i capelli dal volto. «Nessun rimpianto, Paige.»

Mi bacia la tempia e l'angolo della bocca. Sorrido assonnata.

Non so quanto tempo sia passato, ma mi sveglio al buio quando sento Spencer che si muove. Accidenti! Mi sta mollando di nuovo?

«Dove vai?» gli chiedo. Ha detto nessun rimpianto. Ha detto che questa volta avrei dovuto cacciarlo a calci dal letto, cosa che *non* ho fatto.

Lui sale sul letto, completamente vestito e mi copre con il

suo corpo, appoggiandosi ai gomiti. «Intendi dire dove sono stato, Bella Addormentata? Mentre russavi...»

«Io non russo.»

«Un basso ruggito» si corregge. «Ho consegnato le lavette e il cuscino in più ai tuoi ospiti e ho portato fuori Bear per una passeggiata prima di rimetterlo nella sua gabbia.»

Fisso il soffitto, al buio. «Non riesco a credere di avere dimenticato di farlo. Avrebbe potuto rivelarsi un vero problema.»

«Ti ho distratta, quindi è colpa mia.»

Gli avvolgo le braccia intorno al collo. «Vero. Stavo involontariamente facendo sesso al telefono con una donna anziana in linea.»

Spencer ridacchia. «Sentivo entrambe le parti della conversazione.» Mi accarezza il collo. «Ma eri troppo sexy per resisterti.»

«Come facevi a sapere dove trovare le lavette e il cuscino?»

«Li ho presi dall'armadio del bagno.»

«Quelli sono i miei privati! La roba per gli ospiti è in lavanderia, al piano di sotto.»

Spencer mi bacia a lungo. «Non posso lasciare che ti arrabbi con me in un momento come questo.»

Continua a baciarmi scendendo lungo il mio corpo e sospiro, poi sussulto.

Spencer

Adesso rimpiango veramente di aver lasciato Paige la mattina dopo la nostra prima volta insieme perché è morbida e coccolosa. Chi lo sapeva?

È presto. Paige deve cucinare la colazione per gli ospiti tra poco. Lo farò io perché sono veramente un uomo fantastico.

Paige è rannicchiata di fianco, appiccicata a me, con la

testa sulla mia spalla e la mano che accarezza il mio petto nudo. «Sei stato una sorpresa, Spencer Wolf.»

«Quale parte?»

«Tutto quanto. Pensavo che fossi così arrogante, per niente il mio tipo.»

«Prima di tutto si chiama sicurezza di sé. Secondo, qual è il tuo tipo?»

«Un uomo a cui piaccia conversare...»

«Lunghe passeggiate sulla spiaggia...»

«Oh, scusa, sapevi già qual è il mio tipo?»

«So quale *pensi* di volere. È la richiesta standard su qualunque sito di incontri. Ma ciò che vuoi veramente sono io.»

Paige mi bacia il collo. «Mi hai fatto un favore enorme quando mi hai accompagnato al matrimonio. Te ne devo uno.»

Inarco le sopracciglia. «Sì? Che cosa otterrò?»

Lei si mette seduta. «Ti troverò il posto perfetto per Spencer's.»

«C'è una proprietà, una fattoria, a nord che sto tenendo d'occhio. Più di una, in effetti, vicino a dove sono cresciuto.»

«Sei cresciuto in una fattoria?»

«No, ma c'era del terreno agricolo intorno a noi. Il fine settimana, mi piaceva andare a comprare la frutta e la verdura fresca al mercato contadino, con mia madre. È cominciato lì il mio viaggio per diventare uno chef.»

«Quanto a nord?»

«A un'ora da qui.»

«Oh.» Sembra rattristarsi. Non vuole che mi trasferisca nemmeno a un'ora di distanza. Chi sapeva che Paige avesse un lato dolce?

Si appoggia al gomito e la coperta scivola, dandomi una bella visuale del suo seno pieno. «Hai mai preso in considerazione di cercare qualcosa qui intorno?»

«Troppo costoso.»

«Dove vivi adesso?»

«Ho preso in affitto da una coppia una casa sul lago. È la loro seconda casa e sono occupati con i nipoti in Virginia, quindi l'hanno affittata. È piccola, tre camere, due bagni, ma è in buone condizioni.»

«Non è piccola. Sei cresciuto in una enorme villa o roba simile?»

«Non una villa enorme, una villa normale. Ti ho detto che mio padre possiede una catena di concessionarie d'auto.»

«Perché non chiedi a lui un prestito per aprire il tuo ristorante?»

Giusto. Papà è così incazzato perché ho deciso di non lavorare con lui nell'impresa di famiglia che mi parla appena. È solo la mamma che fa da paciera quando ci troviamo per le festività.

Guardo l'orologio. «È quasi ora di colazione per i tuoi ospiti. Sarà meglio che mi vesta.»

Paige mi afferra il braccio. «Non è necessario che te ne vada.»

Le metto una mano sulla nuca e la tiro vicina per un bacio. «Preparerò io la colazione. Dopotutto stai usando le mie ricette.»

Lei si lancia su di me, sorprendendomi con quella mossa. Ricado sulla schiena con lei sopra. Paige mi bacia tutta la faccia.

Sorride, felice. È decisamente pazza di me.

Paige

Praticamente fluttuo fuori dalla porta quando porta Bear a fare la sua passeggiata mattutina. Penso di essere innamorata di Spencer. La cosa mi rende ebbra e mi mette a disagio allo stesso tempo. Quasi come se fosse troppo bello per essere vero. Sto ancora cercando di coniugare la personalità irritante e arrogante con il lato meraviglioso che mi ha mostrato. È generoso, dentro e fuori dal letto, qualità rara in un uomo. Okay, è prepotente, ma può essere un aspetto sexy. Arrossisco ripensando alla notte scorsa. Non mi infastidisce che sia prepotente in camera da letto perché tutto quello che fa serve per darmi piacere.

È ambizioso e un lavoratore, come me. E cucina! C'è qualcosa di meglio?

Vado in cucina dopo la mia passeggiata con Bear. Spencer è già lì, con un cestino di erbe e verdure che sembra abbia appena colto nel nostro orto. La maggior parte di questa roba è stata piantata su sue istruzioni. Gli ospiti stanno ancora dormendo.

«Siediti e guarda il maestro» mi dice.

«Volentieri.» Un giorno in cui non devo cucinare è un buon giorno.

Prende le uova dal frigorifero. «Quando comincia il turno di Brooke?»

«Arriverà oggi per le quattro e provvederà lei alla colazione domani.»

«Io lavorerò fino alle dieci. Vuoi venire a casa mia dopo? Non dovrò tornare al lavoro fino alle undici di domenica.»

Fingo di essere indecisa. «Dipende. È un appuntamento bollente?»

Lui si avvicina, facendomi arretrare contro il bancone, con le mani ai lati del mio corpo. Si china, col fiato caldo al mio orecchio mentre mi dice: «È quello di cui hai bisogno? Pensavo di averti lasciato più che soddisfatta».

«Mmm, è tutto un po' sbiadito nella mia mente.»

Spencer mi mordicchia il collo. «Te lo ricorderò.»

«Voi due dovete essere tipi che si alzano presto, come Harold e me» esclama una voce allegra.

Mi volto a guardare la mia ospite, Dorothy, e Spencer mi dà una pacca sul sedere, sorprendendomi. Mantengo un'espressione impassibile nonostante le guance rosse. «Buongiorno. Stavamo giusto cominciato a preparare la colazione. Posso offrirle tè o caffè?»

Dorothy sorride, col volto pieno di rughe d'espressione. Ha un caschetto corto di capelli biondo-bianchi. «Due tè, per favore. Harold e io andiamo a vedere la pergola nuziale. Non ci rendevamo conto che qui teneste le cerimonie per le fughe d'amore. Noi abbiamo fatto la nostra cinquant'anni fa. Sarebbe berlo rifarlo.»

«Saremo lieti di organizzare un rinnovo dei voti matrimoniali» dico.

Harold, un uomo alto e magro con una testa piena di capelli grigi, sorride e le prende la mano, intrecciando le dita. Si porta la mano alla bocca e le bacia le nocche.

«È un tale ammaliatore» dice sospirando.

Escono dalla porta sul retro per andare in cortile, parlandosi a bassa voce.

Mi volto verso Spencer. «Potresti non toccarmi il sedere davanti agli ospiti?»

Lui rompe due uova in una ciotola usando una sola mano e mi guarda in modo lascivo. «E riguardo ad altre zone erogene?»

Scuoto la testa. «Il sesso al telefono è già stato abbastanza imbarazzante.»

Spencer si lava le mani e le asciuga, poi si volta a guardarmi. «Non era sesso telefonico. Era sesso vero con testimoni inconsapevoli.»

«Shh! Ci sono altri ospiti.»

«Vieni qua, dammi un po' di zucchero.»

«Prendilo da solo.»

Lui si lancia verso di me e io strillo, mi volto e corro fuori dalla stanza. Spencer mi insegue, raggiungendomi facilmente e abbracciandomi da dietro. È così bello essere tra le sue braccia che non lotto.

Lui affonda il volto sul mio collo, con la barba corta che sfrega in modo delizioso. «Sei molto più divertente di quanto mi aspettassi.»

«Non ti chiederò nemmeno che cosa intendi dire.»

«Prima eri una tale strega.»

Mi irrigidisco. «Grazie, buono a sapersi.»

«Devi avermi stregato.»

Non so che cosa dire, ma non serve che parli. Spencer mi bacia lungo il collo e io mi appoggio.

Temo di essere io quella che è stata stregata.

13

———

Spencer

Oggi non lavoro perché l'Horseman Inn è chiuso il lunedì e Paige ha del tempo libero perché gli ospiti se ne sono andati questa mattina. È l'ultima settimana di agosto, una meravigliosa giornata estiva, quindi stiamo andando a vedere una proprietà a un paio d'ore di distanza. Quella che stavo tenendo d'occhio è già stata venduta. Paige ha trovato questo posto che ha un prezzo più vicino al mio budget, ma più lontano da lei di quanto volessi.

Sono state due settimane meravigliose con Paige. Non so perché funzioniamo insieme, ma è così. Siamo una coppia vincente, ci guardiamo le spalle reciprocamente. Mi piace perfino il suo cane ed è una buona cosa, perché lo tiene sempre vicino. Tranne oggi. Ha portato Bear a casa di suo fratello Wyatt, per farlo giocare con i suoi cani.

Parcheggio e percorro il vialetto di ghiaia della proprietà. C'è molto terreno, con gli alberi in distanza. La casa è vecchia, rivestita di assicelle bianche, niente di speciale. C'è una stalla dalle pareti grigie e qualche dépendance.

Paige scende dal pick-up e si dirige verso la casa. La seguo, cercando di immaginare questo posto come una meta culinaria.

Paige apre la porta d'ingresso. Ha ricevuto la chiave dall'ufficio immobiliare. La famiglia che vive qui è uscita, in modo che possiamo controllare il posto da soli. La porta di legno si apre scricchiolando.

«Pronto?» mi chiede.

«Questo posto è più isolato di quanto pensassi.»

«È a dieci minuti dal centro.»

«Che è praticamente formato da una sola strada.»

«Non molto diversamente da Summerdale» dice entrando.

La seguo. «È molto diverso da Summerdale. Innanzitutto, non ci sono molte case qui intorno. Serve che ci sia una certa densità di popolazione per mantenere un ristorante.»

«Bella scala» dice, indicando il caposcala e la ringhiera di lucida quercia.

Mi guardo intorno. Pavimenti di legno graffiati, un camino in soggiorno, un vecchio divano con troppi cuscini. Sembra tutto così sbagliato.

«Andiamo a vedere la cucina» mi dice.

La seguo in una cucina con gli armadietti di quercia e ripiani di laminato plastico. Un fornello elettrico a quattro fuochi. Niente da fare. Detesto la carta da parati a righe blu e verdi.

«A questa casa servirebbe un mucchio di lavoro.»

«Sì, certo, se vuoi convertirla in un ristorante. Oppure potresti convertire la stalla in ristorante.»

«È troppo piccola.»

Paige mi rivolge un sorriso a labbra strette. «Conoscevi le dimensioni prima che venissimo.»

«È brutta.»

Paige sospira. «Potresti costruire una nuova struttura sulla proprietà, con uno stile architettonico simile a quello della casa.»

Mi ficco una mano tra i capelli. «Sulla carta, questo posto sembrava andasse bene, ma adesso non sono sicuro.»

Lei conta sulle dita i punti della mia lista: «Tanto terreno, la casa, edifici esterni, a nord di New York».

«È *troppo* a nord.»

«Non so che cosa significa.»

«È a due ore da Summerdale.»

Mi volto ed esco dalla stanza, fingendo interesse per il resto del pianterreno. Ho quasi detto *è a due ore da te.* Non posso basare le mie decisioni future sulla nostra relazione. Ci frequentiamo solo da un mese. Che importa se sono mezzo innamorato di lei? Lei non me l'ha detto. Solo perché è morbida e coccolosa dopo il sesso non significa che sia al mio stesso punto. Giuro che a volte sembra amare il suo cane più di me. Lo coccola in continuazione e lo tiene stretto.

Sento cadere le spalle. *Sono davvero geloso di un cane?*

Non mi piace questa sensazione, amore o che cos'è. Sembra tutto sovraccarico e leggermente fuori controllo. Paige non litiga nemmeno più con me e almeno questo mi permette di rilassarmi, come se stessimo facendo un gioco. Mi importa troppo di lei. Per la prima volta non voglio andarmene e se lo farà lei farà un bel danno. Non mi sento a mio agio a essere così vulnerabile.

Paige mi raggiunge nella sala da pranzo. «È l'unico posto che ha tutto quello che vuoi e rientra nel tuo budget.»

Stringo le labbra. «Allora dovrò semplicemente risparmiare più soldi.»

«Okay, quindi vuoi che cerchi una proprietà a Summerdale? Sembra che sia più affezionato alla tua città adottiva di quanto pensassi.»

Sono affezionato a te.

«Tu no?»

«Certo. Ma io sono coinvolta personalmente nella locanda. È casa mia e la mia impresa. Non vado da nessuna parte, ma tu sei in affitto e questo è il tuo sogno.» Allarga le braccia. «Spencer's.»

«Fa schifo.»

«Oh-kay. Riproveremo. Ti troverò il posto perfetto, non preoccuparti. So il fatto mio quando si tratta di beni immobiliari.»

Mi oltrepassa allegramente e le afferro il braccio, fermandola. Lei mi guarda con una domanda negli occhi.

Sono io quello che ha troppe domande da fare. «Perché non litighi più con me? Sto facendo veramente il difficile?»

Lei si toglie la mia mano dal braccio. «Non ho ancora mai trovato un cliente facile.»

«Quindi sono solo un cliente?»

Lei mi dà una pacca sulla spalla. «Uno dei tuoi tanti titoli. Dovremmo andare a dire alla famiglia che non siamo interessati.»

«Eri più divertente quando ti arrabbiavi continuamente.»

Paige mi ignora ed esce dalla casa. La trovo sul portico che aspetta di chiudere, calma, come se niente fosse.

«Non ti interessa nemmeno che potrei trasferirmi a due ore di distanza» dico.

Lei chiude a chiave la porta e si volta a guardarmi. «Preferiresti che facessi i capricci e insistessi che tu rinunci al tuo sogno per restare con me?»

Mi tremano le labbra. Quando lo dice in questo modo sembra piuttosto ridicolo. «Okay, mettiamola così: *io* non voglio essere a due ore di distanza da te. Le nostre vite diventeranno frenetiche, le visite diventeranno meno frequenti e poi qualunque cosa sia quella che c'è tra di noi, questa connessione, si spezzerà.»

Penso di essere innamorato di te. Non dirlo.

Paige mi prende la mano, con la stessa espressione allegra mentre mi accompagna al pick-up. «E tu non vuoi che questa connessione si spezzi.»

«No, e tu?»

«No. Ma voglio che tu abbia il ristorante dei tuoi sogni. E se deve succedere qui, dove te lo puoi permettere, allora è quello che succederà. Potremo comunque continuare a vederci.»

«Non hai sentito quello che ho detto sulla distanza? Diciamo che abbiamo entrambi il lunedì libero. Vuoi passare viaggiando quattro ore della nostra unica giornata per venire a trovarmi?»

«Oppure potresti venire tu.»

«Sarò troppo occupato con l'orto e i restauri. Non sarò in

grado di avere molto aiuto esterno finché non aprirà il ristorante.»

Lei si picchietta le dita sulle labbra. «Mmm... Quindi mi stai dicendo che dovremo decidere se fare sesso durante il nostro incontro oppure restare seduti a guardare crescere la verdura, signor Wolf? Lupo, non è un buon nome per un agricoltore, spaventerai i polli.»

Mi sta prendendo in giro. Sto per mettermi sulla difensiva quando mi viene in mente che potrebbe avermi portato qua solo per dimostrarmi che non è questo che voglio. Significa che mi vuole più vicino a sé.

L'afferro in un abbraccio e lei strilla, sorpresa.

Le bacio la tempia. «Non ti sei ancora abituata ai mie abbracci improvvisi.»

«Se sapessi che stai diventando affettuoso non mi sorprenderei, ma i tuoi abbracci sembrano sbucare dal nulla. Non ho ancora capito che cosa passa in quella tua testa.»

Chiudo gli occhi, rilassandomi con lei tra le braccia. «È okay. Io so quello che hai in testa tu.»

Paige si tira indietro e mi guarda. «Davvero?»

«Sì, bellezza, non vuoi che viva a due ore di distanza. Mi hai portato qua per dimostrarmi quanto è orribile.»

«Sicuro?»

«Mi vuoi vicino esattamente quanto Bear.»

Paige ride e mi bacia. «Non credo di voler sapere che cosa passa in quella tua testa.»

Faccio marcia indietro, temendo di aver rivelato troppo. «Non sono geloso di Bear.»

«Okay» dice lei ridendo. «Sarà meglio che torniamo dal mio vero amore.»

Sale sul pick-up e la raggiungo, chinandomi per baciarla. «Lo hai già trovato.»

Paige mi dà scherzosamente uno spintone. «Non riesco a credere che tu sia geloso di un cane.»

Sento il cuore che batte più forte quando ammetto la verità. «Non mi sono mai sentito così.»

Paige sbatte rapidamente gli occhi, con le lacrime agli

occhi. «Oh, Spencer.»

Mi manca un battito quando vedo le sue lacrime e la tiro tra le braccia. «Non piangere. È una sensazione spiacevole, ma mi ci abituerò.»

Paige mi mette una mano sulla guancia, sorridendo tra le lacrime. Premo la sua testa contro il petto, cercando di proteggerla da qualunque cosa sia che ha causato le sue lacrime. Ho detto qualcosa di sbagliato, ma non so che cosa.

«Esattamente, perché stai piangendo?»

Paige si raddrizza. «Perché sono felice. Mi hai appena detto quanto significo per te.»

Grugnisco. Non è esattamente quello che ho detto, ma è inquietante come riesca a leggermi nella mente.

Paige mi bacia il collo, spostandosi per sedersi in grembo. Mi guardo attorno, con il desiderio che esplode. Il posto sembra ancora molto isolato. Nemmeno un'auto per strada.

Paige mi bacia forte e non si torna indietro. Sono duro come la roccia. Mi slaccia il bottone e abbassa la cerniera dei jeans. Infilo la mano sotto il vestito estivo setoso, la trova bagnata attraverso le mutandine e gemo. Le sposto e lei mi prende in mano, guidandomi dentro di sé, con gli occhi fissi nei miei. L'emozione mi prende di sorpresa, facendomi venire un groppo in gola. La nostra unione non è soltanto fisica.

C'è un momento carico di emozione. *Amore.*

E poi Paige si dondola contro di me, velocemente e non c'è altro che un bisogno primitivo. Dopo pochi minuti, stiamo entrambi respirando affannosamente. Passo la mano tra di noi, strofinando il punto che la fa impazzire.

Paige ansima, cavalcandomi più in fretta, con la testa all'indietro nell'estasi. Poi esplode, portandomi con lei, con il suo corpo che si contrae intorno a me. La tengo stretta, tenendoci uniti.

Continuando a respirare affannosamente, Paige alza la testa. «Dovremmo andare. Non voglio che ci scoprano così.»

«Mi piace questa sensazione, affondato dentro di te.» Pulso e lei ansima.

Paige spalanca gli occhi. «Abbiamo dimenticato il

preservativo.»

«Sono pulito.»

«Anch'io, ma preferirei non restare incinta senza un marito.»

«Ti sposerò.» Non l'ho mai detto a nessuno, ma in quel momento sono serio. Voglio sposarla.

Paige si sposta e si sistema i vestiti. «Non è un buon motivo per sposarsi. Non preoccuparti.»

«Non sono preoccupato.»

«Beh, io sì!»

Ha ricominciato a litigare con me. Mi invade una sensazione di pura gioia. È ora di dirle come andrà, perché questa cosa è vera. «Il nostro bambino sarà desiderato e voluto. Sarai una mamma meravigliosa. Ti ho vista con Bear.»

Paige si lancia su di me, baciandomi tutta la faccia. Sento un calore che si irradia dal mio petto mentre Paige mi ama. Non riesco a smettere di toccarla, accarezzarle i capelli, la schiena, dovunque arrivino le mani.

Lei sorride e torna sul suo sedile, allacciando la cintura. Metto in moto.

Si morde il labbro. «Ho trent'anni. Non mi resta poi così tanto tempo per avere figli.»

Sorrido. «Ho ventinove anni. Se questa volta non ci siamo riusciti, forse dovremmo aspettare finché i miei girini saranno quelli di un maturo trentenne.»

Paige ride. «Non credo che conti nel grande quadro generale.»

Suona il mio telefono. Lo trovo sul lato del sedile dove dev'essere caduto durante il sesso spontaneo in auto. «È mia madre» dico a Paige.

«Dovrei incontrarla.»

«Sarà sotto shock. Non ho mai portato una donna a casa per conoscere i miei genitori.» Rispondo al telefono. «Ciao, mamma. Come va?»

«Spencer...» La sua voce suona fragile e lontana. Sento una scarica di adrenalina.

«Che c'è? Che cosa c'è che non va?»

La voce arriva così debole che devo premere il telefono vicino all'orecchio. «È stato così improvviso. Tuo padre è morto.»

Lascio cadere rumorosamente il telefono. Mi si offusca la vista e fisso fuori dal parabrezza senza vedere nulla.

Paige mi rimette in mano il telefono. «Che cosa c'è che non va?»

Rimetto il telefono accanto all'orecchio. «Com'è successo?»

«Infarto.» La voce di mamma di spezza. «Puoi venire a casa?»

«Sì. Sono a circa un'ora di distanza. Aspettami, arriverò il prima possibile.» Chiudo la telefonata, con lo stomaco sottosopra.

«Spencer?»

Continuo a fissare fuori dal parabrezza, stordito. «Mio padre è morto.»

«Oh, mi dispiace tanto.»

«Devo andare a casa.» Sembra che non riesca a muovermi.

«Guiderò io. Dammi solo l'indirizzo.»

Scendo dal pick-up e vomito di colpo. Paige mi mette il braccio sulle spalle. «Okay, andrà tutto bene. Sono qui con te.» Prende dei fazzolettini dalla borsa per pulirmi e una bottiglietta d'acqua dall'auto.

Mi pulisco meglio che posso. Paige si occupa di tutto e poi mi prende la mano, tirandomi dall'altro lato del pick-up.

Non so come riesco a salire, Paige chiude la portiera e si mette alla guida. Accende il navigatore e trova l'indirizzo dei miei genitori già programmato.

Fa retromarcia e va verso la strada.

«Sembra che dopotutto conoscerai mia madre» dico.

«Non è *così* che volevo succedesse, ma farò tutto quello che servirà per entrambi, okay? Tu resta semplicemente con lei. Avrete bisogno l'uno dell'altra adesso. Mio padre è morto d'infarto all'improvviso...»

«Anche il mio.»

Paige mi stringe forte la mano. È l'unica cosa che sembra reale in questo momento.

14

———————

Paige

Non ho mai visto Spencer così. Penso che sia sotto shock. Mi ha detto appena un paio di parole in una settimana. Adesso siamo a casa di sua madre per il rinfresco dopo il funerale, con la famiglia e gli amici. C'è parecchia gente. La madre di Spencer, Olivia, è una donna dolce e gentile. Spencer dice che lui ha preso la personalità da suo padre: testardo e determinato. Sua madre era sempre la paciera tra di loro.

Il ricevimento sembra non finire mai e capisco che sta diventando uno sforzo impossibile da sopportare per Spencer. «Vuoi che faccia andare via tutti?» gli chiedo.

«No. La mamma ha bisogno di averli intorno. Andiamo a fare due passi.»

«Certo.» Lo seguo attraverso il garage per evitare di imbatterci in troppa gente. Passiamo accanto a una Chevrolet del Cinquantasette senza pneumatici, sollevata su dei martinetti.

«La bambina di papà» dice Spencer, dando una pacca al cofano mentre passiamo. «Adorava le auto. Questa è un lavoro in corso sin da quando ero alle superiori. Ci ho lavorato un po' con lui finché non ho intrapreso una strada diversa.»

«La vuoi?»

«No, le auto non sono mai state la mia passione. Comunque, conosco solo i fondamentali, non come lui.»

Usciamo e compone un codice su un tastierino per chiudere la porta del garage alle nostre spalle. Lo seguo lungo una strada serpeggiante punteggiata da case. È cresciuto in una bella zona, con tanti alberi e giardini ben tenuti. «Quindi è questa la campagna di Spencer. Adesso capisco il tipo di città in cui vuoi aprire il tuo ristorante, con tanto spazio per la tua fattoria.»

«Quello è il piano.» Mi prende la mano mentre camminiamo lungo la strada. «Mia madre sembra stordita.»

«Probabilmente è sotto shock. Ho la sensazione che lo sia anche tu. Quasi non hai parlato da quando l'hai saputo. Comprensibile, è stato così improvviso.»

Spencer sospira. «Ho pensato tanto a mio padre e ai nostri litigi. Riteneva che stessi voltando le spalle alla famiglia non entrando nell'impresa. Gestiva un piccolo impero, che doveva andare a me in modo che lui potesse ritirarsi gradualmente, sapendo che ciò che aveva fondato sarebbe rimasto.»

«Significa un mucchio di pressione per un figlio unico. Un fratello o una sorella avrebbero potuto farsi avanti, se ne avessi avuti. Forse per qualcun altro sarebbe stata un'ottima cosa, ma Spencer, ti ho visto in cucina. È così chiaro che è dove sei più felice. E sei uno chef fantastico. Hai preso la strada che era destino che seguissi.»

«Una parte di me lo sa e un'altra non riesce a liberarsi del senso di colpa al pensiero che se gli avessi tolto un po' di peso dalle spalle, oggi sarebbe ancora qui.» Gli si spezza la voce. «La mamma mi ha riferito che il medico le ha detto che il suo livello di stress era troppo alto. Aveva troppi impegni.» Si volta a guardarmi, con il dolore negli occhi. «Paige, aveva bisogno di me.»

Il mio cuore manca un battito vedendo il suo dolore. «A volte i medici non sanno nemmeno che cosa ha causato l'infarto. Avrebbe potuto avere altri problemi di cuore.»

«È stata colpa mia.»

Mi fermo di colpo e gli prendo il volto tra le mani. «Ascoltami, Spencer. *Non* è stata colpa tua.» Lui resta in silenzio, con i denti stretti. «Se aveva bisogno di aiuto, avrebbe potuto assumere una persona qualificata.»

Spencer mi abbraccia brevemente, mi prende la mano e continua a camminare. «Non avrebbe funzionato. Non avrebbe potuto fare il prepotente con chiunque altro come riusciva a farlo in famiglia.»

«Tu detesti che ti dicano che cosa fare. Sei *tu* il capo.»

Lui guarda il cielo. «Finalmente hai visto la luce.» Mi dà un'occhiata ironica. «È il motivo per cui litigavamo, perché pensavi erroneamente di poter essere tu il mio capo.»

Mi rilasso un po', sentendolo parlare un po' più come il vecchio Spencer. «In quel caso io *ero* il capo. Ti avevo assunto per fare un lavoro e sono *io* il capo di chiunque assumo.»

«E io sono l'eccezione.»

Scuoto la testa. «Non ho intenzione di discutere con te in questo momento. Diciamo che siamo d'accordo di non essere d'accordo.»

Un SUV nero arriva dietro di noi e si ferma. Si apre il finestrino e una donna sui sessant'anni si sporge a guardarci. «Arrivederci, Spencer. Mi dispiace per la tua perdita. Cal era un brav'uomo.» Mi sorride. «Lieta di averla conosciuta.»

Spencer alza una mano. «Grazie, signora Wain. Lo apprezzo.»

«Lieta di averla conosciuta» dico anch'io.

Lei indica la casa. «Tua madre comincia a essere stanca, quindi ce ne stiamo andando per darle la possibilità di riposarsi. Sto organizzando un gruppo di persone che provvederà ai pasti. Per le prossime due settimane, qualcuno provvederà a portarle la cena.»

«Lo apprezziamo entrambi.»

La signora Wain mi rivolge un sorriso comprensivo. «Abbi cura di te.»

Torniamo verso casa e si ferma un'altra auto, con l'autista che si sporge per fare le sue condoglianze. Alla terza auto, Spencer si affretta verso la casa, portandomi verso il bordo della strada e salutando in fretta la gente che sta uscendo. Entriamo dal cortile laterale, oltrepassando la casa e andiamo dietro, dove mi guida verso un'altalena con un tettuccio per l'ombra.

«Aspetto che se ne siano andati tutti» dice Spencer. «Non sopporterei un altro "mi dispiace per la tua perdita".»

«Ti capisco. La gente non sa che cosa dire. Ricordo di essere stata così arrabbiata al funerale di mio padre. Quella frase sembrava trita alle mie orecchie di bambina. Volevo che qualcuno dicesse com'era ingiusto che fosse morto giovane e che non avrebbe mai dovuto succedere.»

«Quanti anni avevi?»

«Undici.»

Mi stringe la mano. «Troppo giovane per perdere tuo padre. Eccomi qui, un adulto con un mucchio di opportunità per venire a trovarlo o parlargli e non l'ho fatto. Mi facevo vivo per le feste, ma solo per obbligo.»

Mi premo contro il suo fianco, cercando di confortarlo.

Lui mi mette un braccio intorno alle spalle, tenendomi vicina. «Avevamo un rapporto difficile da quando me ne sono andato da casa a diciotto anni. Non avrei mai potuto essere quello che voleva lui e ogni volta che cercavo di spiegargli ciò che stavo facendo o dove stavo lavorando, lo prendeva come uno schiaffo in faccia. Come se stessi vantandomi della mia vita a confronto di quella che avrebbe potuto darmi lui.»

«Mi dispiace tanto. Se vi assomigliavate come dici, deve essere stata una bella lotta. Due maschi alfa dalla testa dura che si scontrano.»

Spencer mi bacia la testa. «Era così.»

Restiamo seduti in silenzio nel calore di agosto che sta scemando, dondolando pigramente insieme.

Olivia, la madre di Spencer, mette fuori la testa dalla porta del patio. È una donna minuta, con i capelli biondi lunghi fino alle spalle. «Spencer, potresti aiutarmi a pulire. Se ne sono andati tutti.»

Spencer ferma l'altalena. «Arrivo.»

Si alza e vado con lui. «Vi aiuto.»

Spencer mi mette le mani sulle spalle, guardandomi negli occhi. «Mi hai già aiutato più di quanto pensi solo con la tua presenza.»

«Certo. Probabilmente sono l'unica persona che ha vissuto la stessa esperienza. Posso identificarmici.»

Spencer fa un cenno con la testa e andiamo verso la casa.

«Inoltre ti amo» dico a bassa voce.

Spencer si ferma. «Che hai detto?»

Faccio un respiro profondo, guardandolo negli occhi. «Ti amo.»

Lui chiude gli occhi per un momento.

«Troppo presto?»

Spencer riapre gli occhi. «È un sollievo perché sono innamorato di te da quando ti ho conosciuta.»

Sento la felicità che sale come tante bollicine. «Non è vero. Non ti piacevo nemmeno quando ci siamo conosciuti e di sicuro tu non piacevi a me.»

Spencer alza un dito. «Mi correggo. Da quando ci siamo conosciuti nudi.»

«Adesso ti credo.»

Spencer mi bacia e torniamo dentro insieme, tenendoci per mano. Non mi sono mai sentita più vicina a un'altra persona.

Spencer

Con l'aiuto di Paige la casa è pulita in pochissimo tempo. Adesso siamo seduti in soggiorno con la mamma. Paige e io siamo sul divano grigio chiaro, insieme. La mamma è seduta su una poltrona azzurra in stile Louis XV con una tazza di tè corretto al brandy. La mamma ha arredato tutta la casa in stile country francese, che significa stoffe dai colori chiari, tanto legno e materiali naturali e roba vintage. La poltrona reclinabile di mio padre marrone scuro non si abbina al resto dell'arredamento, ma lui adorava quella cosa.

La mamma mi vede che la osservo. «Ti piacerebbe averla?»

«No, è sua.»

«Beh, chiaramente qui non la userà nessuno.»

«Sono sicuro che troverai qualcun altro che la vorrà.»

«Se avete bisogno di aiuto per trovare un posto per certe cose, sarò lieta di aiutarvi. Posso chiamare dei parenti o organizzare online una vendita o semplicemente una donazione» dice Paige.

La mamma le rivolge un sorriso dolce. «Sono così felice che Spencer abbia finalmente trovato una donna giusta per lui.» Mi dà un'occhiataccia. «Ti ci è voluto parecchio.» Immagino che sia il brandy che parla perché di solito mia madre è tutta luce e dolcezza. Ovviamente questo è un momento difficile. I miei genitori erano molto vicini. Avevano personalità opposte ma sembrava quello che li faceva funzionare insieme. Apprezzavano ciò che poteva dare l'altro.

Do un'occhiata di sottecchi a Paige. Siamo molto più simili anche se devo ammettere che Paige ha un lato dolce e amorevole che non mi sarei mai aspettato. Sono innamorato di questa donna. Il sentimento è arrivato di soppiatto. E mi ama anche lei. Un raggio di luce in questo momento oscuro.

Cade un silenzio imbarazzato.

«Scusatemi, vado in bagno» dice Paige.

Appena esce mi chino in avanti, con i gomiti sulle ginocchia. «Stai bene?»

«No, ma passerà.» Mia madre sospira, fissando il pavimento. «Prima o poi. Sai qual è l'ultima cosa che mi ha detto tuo padre?»

«Cosa?»

Lei mi guarda negli occhi. «Ha detto che avrebbe voluto trovare qualcuno di alto profilo per aiutarlo a gestire l'impresa.»

Sento una fitta di senso di colpa, il petto stretto. È l'ultima cosa a cui aveva pensato: proteggere la sua impresa. Io so e la mamma sa che avrei dovuto essere io a lavorare accanto a lui, alleviando il peso che aveva sulle spalle. Forse papà pensava a me quando lo aveva detto, desiderando che mi fossi fatto avanti. Rimpianto e delusione riguardo a suo figlio fino all'ultimo momento.

Ricaccio indietro le lacrime. Non c'è niente che possa fare adesso. Visite o richieste di scuse o tentativi di riconciliazione non possono fare la minima differenza. Lui non c'è più.

«Ha mai cercato di trovare qualcuno?» le chiedo dopo un po'.

La mamma finisce di bere il tè e appoggia la tazza su un sottobicchiere sul tavolino di legno. «Ha tentato ma non ha mai trovato nessuno che gli piacesse. Diceva che gli sarebbe servita una copia di se stesso.»

Sento la bile che mi risale in gola, lo stomaco sottosopra. Avrei dovuto essere io. Perfino papà capiva quanto fossimo simili. Anche la mamma mi incolpa per non essermi fatto avanti. Tranne che vendere auto non è mai stato il mio obiettivo. Non so che cosa dirle. Non basta dire "mi dispiace".

La mamma mi rivolge un sorriso tra le lacrime. «Adesso gestirai l'impresa di famiglia proprio come voleva papà.»

La guardo, confuso. «Che cosa te lo fa pensare?»

«Ha lasciato tutto a te.»

Mi metto seduto di colpo, tirando indietro la testa. «Perché ha fatto una cosa simile? E tu?»

«Ha pensato a me più che a sufficienza con la sua assicurazione sulla vita. L'impresa era sempre destinata a te.»

Mi alzo di colpo. «Beh, io non la voglio. La girerò a te.»

«Spencer, non puoi opporti ai desideri di tuo padre.»

Il mio senso di colpa si trasforma in rabbia. «Col cavolo che non posso. Mi sta obbligando a fare una cosa che non ho mai voluto.» È la vendetta finale di mio padre. Probabilmente sta gongolando in paradiso.

Paige ritorna. «Va tutto bene?»

«No» dico seccamente. «Ce ne andiamo.»

La mamma si acciglia. «Spencer Ian Wolf. Siediti.»

Ventinove anni e ottengo ancora il trattamento del nome completo. Mi siedo, più che altro perché non voglio che si agiti ancora di più dopo aver perso mio padre.

Paige resta ferma dall'altra parte della stanza, con un'espressione incerta sul volto.

Le indico di avvicinarsi.

La mamma si volta. «Vieni, Paige. Stavamo solo discutendo dell'eredità di Spencer.»

Paige torna in fretta a sedersi sul divano accanto a me, prendendomi la mano e stringendola.

La mamma continua nel suo tono conciliatore, tranquillo, proprio come quando faceva da paciera tra papà e me. Lo sta facendo ancora. «Papà non ti sta forzando la mano. Ti voleva molto bene. È il suo ultimo regalo per te.»

Paige alza le sopracciglia, facendo silenziosamente una domanda.

L'aggiorno. «Papà mi ha lasciato le sue concessionarie auto. Cinque.»

«Oh, wow!» dice Paige. «Finalmente avrai abbastanza soldi per aprire il tuo ristorante.»

«Non puoi venderle!» esclama la mamma. «Spencer, sai che non è quello che avrebbe voluto papà.»

Parlo a denti stretti, cercando di frenare la rabbia. «Papà sapeva che non era quello che volevo io. È il suo ultimo tentativo di obbligarmi ad accettarlo.»

«Spencer.» Mia madre si alza in fretta e corre fuori dalla stanza, in lacrime.

Mi alzo, seguendola. «Mamma.»

Lei mi fa segno di andarmene. «No. Ho bisogno di restare da sola» dice, salendo al piano di sopra.

Guardo Paige, con le labbra strette.

«Andiamo?»

Annuisco e l'accompagno fuori dalla porta.

Non avrei mai pensato a vendere le concessionarie, ma Paige ha ragione. Sarei a posto col ristorante dei miei sogni. Ma a che prezzo? Non voglio ferire mia madre o causare un solco tra di noi. Potrebbe perfino ripudiarmi. Non posso perdere entrambi.

Tre giorni dopo sto preparando un banchetto di fine estate per gli ospiti della Locanda sul Lovers' Lane. Non sono più io. Immagino che ci sia da aspettarselo con il dolore per la perdita di mio padre che mi opprime. Continuo a ripetermi nella mente le conversazioni con mio padre. Più che altro discussioni accese sul mio futuro, finché aveva smesso, considerandomi una causa persa. È così che mi definiva: una causa persa.

È ironico che l'unico modo che ho per dimostrare che ho successo sia vendere la sua impresa e aprire il ristorante dei miei sogni. Alla fine, otterrei di realizzare il mio sogno grazie a lui. Solo pensarlo mi fa sentire in colpa. Al contempo, che cosa farò delle cinque concessionarie? Sapeva che non avevo nessuna esperienza e ancora meno interesse. Per quanto ne so, c'è un direttore in ognuno dei posti, ma papà aveva l'ultima parola su tutto ciò che succedeva. Lui aveva la visione d'insieme ed era il motore che faceva avanzare tutto, rispettare gli obiettivi di vendita e superarli. Da quanto posso capire, i suoi dipendenti lo temevano. Non è la migliore motivazione, ma funzionava di sicuro. Era: a modo suo o quella è la porta. Non mi meraviglia che non potesse essere flessibile quando si trattava di me.

Ripensandoci, le nostre filosofie non erano così diverse. Dico sempre: inchinatevi al maestro o fatelo da soli. La sua versione era: inchinatevi al maestro o andatevene. Sento una stretta allo stomaco. Non voglio assomigliare alla parte peggiore di lui.

Paige infila la testa in cucina. «Come sta andando qui, maestro?»

«Maestro, eh?»

«Stai dirigendo una sinfonia di sapori.»

Rick e Sara, i miei assistenti, ridacchiano. Sono sposati. Sara ha confessato di aver sempre pensato che Paige e io saremmo finiti insieme. Tutti i nostri scontri erano saturi di tensione sessuale. Ovviamente c'era il fattore irritazione che mi aveva trattenuto per un po'. Paige non aveva ancora riconosciuto che il capo ero io.

«Aspetta un momento.» Mi allontano dal pollo ripieno che stavo preparando e mi lavo le mani. Ho bisogno di un po' di amore da Paige. Non è incinta, quindi niente pressioni. Non mi sento obbligato a chiederle di sposarmi. Ne sono lieto. Sto ancora cercando di capire come funziona questa faccenda delle relazioni. Il matrimonio si accompagna a grandi aspettative e l'ultima cosa che vorrei è fallire.

«Sbrigati» dice. «Ho degli ospiti da intrattenere lì fuori. Brooke ha la giornata libera.»

«Allora perché sei venuta a controllare me?»

«Perché sei carino.»

Questa volta Sara e Rick ridono forte. Rivolgo loro un'occhiataccia prima di prendere la mano di Paige e uscire con lei sul terrazzo. «Non sono carino. Sono bello.»

Lei mi strofina la guancia. «Mmm, mi piace la barba corta, bello.»

«Pensi che sia troppo prepotente?» Detesto chiederlo, ma il pensiero di mio padre mi preoccupa. Non era bravo con la gente, tranne la mamma, che è praticamente una santa.

«Un po', ma non troppo. Ti piace credere di essere il capo di tutti. Serve, quando fai lo chef, ma riconosci anche che sono io il capo, nel mio ambiente.»

Respiro sollevato. «Bene. Perfetto.»

«Da dove viene questa domanda?»

«Papà si comportava come fosse il capo di tutto e tutti. È in parte il motivo per cui litigavamo tanto, ma mi piacerebbe pensare di non essere così tremendo. Non è il tipo di eredità che vorrei portare avanti.»

Paige mi accarezza il braccio. «Non sei così male.»

La tiro tra le braccia e lei ricambia l'abbraccio, appoggiandomi la guancia sul petto. Paige mi è stata di conforto durante questi momenti difficili, più di quanto avrei potuto immaginare.

Le parlo all'orecchio a voce bassa: «Non so che cosa fare con la mia eredità».

Lei si tira indietro. «È la tua eredità. Che cosa vorresti farne?»

«Vorrei vendere tutto a qualcuno che desidera veramente gestire le concessionarie, prendere il ricavato, darne metà alla mamma e usare l'altra per finanziare il mio sogno. Ma la mamma sarebbe sconvolta se vendessi e non voglio ferirla.»

«Forse ti capirebbe, se le spiegassi che dovresti rinunciare al tuo sogno per prendere il posto di tuo padre.»

«Ho già tentato. Hai visto quanto era sconvolta.»

«Lo so, ma era un momento di forti emozioni, subito dopo il funerale. Penso che varrebbe la pena di riprovare ad avere quella conversazione.»

Incrocio le braccia sul petto e guardo verso gli alberi. «Va contro la mia idea di dirle francamente: ecco che cosa succederà. Dio, chi parla in quel modo?» mi volto verso di lei. «Proverò di nuovo.»

«Io ti sosterrò, qualunque cosa tu voglia fare.»

Le alzo il mento e la bacio. «Sono contento di sentirtelo dire perché ho trovato il posto perfetto per il mio ristorante fuori città.»

«Davvero? Non sapevo che stessi ancora cercando.» Mi dà uno spintone sulla spalla. «Avrei dovuto farlo io. È il mio settore di competenza. Fammi vedere l'avviso.»

Prendo il telefono e clicco nel punto dove l'ho salvato. «Ha un frutteto di mele, pere e ciliegie.»

«Mmm, crostate.» Lei scrolla le immagini. «Dov'è questo posto? Non conosco questa contea.»

«È un'area rurale a circa tre ore da qui. Dovrei farlo diventare una meta appetibile e sai che cosa aiuterebbe?»

Lei corruga la fronte mentre legge i particolari dell'avviso immobiliare. «Che cosa?»

«Se tu aprissi un B&B sulla proprietà, la gente potrebbe risiedere lì e poi venire nel ristorante proprio di fianco.»

Lei alza di colpo la testa. «Vuoi che entri in affari con te? A tre ore dalla mia proprietà?»

«Sarebbero imprese separate, ma complementari. E potremmo stare insieme.»

Paige fa un passo indietro. «Ho già un B&B. Lo stiamo

appena facendo decollare e io sono l'albergatrice a tempo pieno.»

«Puoi assumere qualcuno per gestire questo posto. E Brooke?»

«Lei lavora part-time come architetto per i clienti locali. Non ha mai voluto lavorare qui a tempo pieno, per non dire poi che non ho i fondi per aprire un altro B&B.»

«Ma io sì. Beh, li avrò.» Se avessi Paige con me sarebbe più facile far accettare a mia madre che voglia vendere le concessionarie. È da tanto che vuole che mi faccia una famiglia. E non voglio stare a tre ore di distanza da Paige. In questo modo vinceremo tutti.

Paige spalanca gli occhi. «Useresti la tua eredità per me?»

«Se significa tenerti vicino, allora sì.»

Lei scuote la testa. «Non so. Cioè, lo apprezzo, ma la locanda significa molto per me. Mia sorella e io abbiamo avuto l'idea e abbiamo lavorato per costruirla insieme. E qui sono vicina alla mia famiglia.»

«Saresti vicina a me!»

«Intendi parlare di matrimonio?»

Lui esita. «Forse, più avanti.»

Paige si morde il labbro. «Mi dispiace, non posso rinunciare a tanto per un forse.»

«Che cosa vuoi? Una proposta di matrimonio?» Mi batto una mano sulla coscia. «Proprio adesso? Va bene. Sposami.»

«Quella non era una proposta di matrimonio. Era un ordine.»

«È un ordine. Non puoi avere entrambe le cose. Ora intervengo io.»

Le si riempiono gli occhi di lacrime e mi sento stringere il petto per solidarietà. «Non chiedi a qualcuno di sposarti solo perché pensi sia quello che l'altro vuole. Non è così che lo voglio. Lo stai dicendo solo per convincermi a trasferirmi insieme a te.» Distoglie gli occhi. «Vado a fare una passeggiata con Bear» dice correndo dentro la locanda.

La rincorro.

«Non seguirmi!» esclama, continuando verso il suo appartamento.

La raggiungo prima che arrivi alla scala e l'afferro da dietro.

Lei si dibatte per un momento e io insisto, bloccandole le braccia lungo i fianchi. «Aspetta, ascoltami.»

Lei si arrende e sospira. «Non sai nemmeno con certezza se venderai le concessionarie.»

Allento la presa ma non la lascio andare. «Le venderei in un lampo se significasse stare insieme.»

Paige si sposta tra le mie braccia. «Perché non apri un ristorante qui? Potremmo costruire un'estensione per il tuo ristorante, o abbattere il vecchio garage e costruire una nuova struttura. Magari perfino controllare se il mio vicino è disposto a vendere la sua casa. È un vedovo anziano. Fagli una buona offerta e potrebbe essere contento di vendere. Poi potresti convertire la casa in un ristorante e avere abbastanza terreno per il tuo orto e il frutteto. Entrambi otterremmo ciò che vogliamo.»

«Non proprio. Voglio una fattoria funzionante. Non posso farlo nello spazio che abbiamo qui. Conosco il posto di cui stai parlando e non va bene per il mio scopo.»

«Sono sicura che potresti farlo funzionare. Inoltre, c'è il mercato contadino qui vicino e il mercato del pesce non è lontano.»

«Non è quello il mio sogno. Il posto che ho trovato mi darebbe tutto quello che voglio.»

Paige sospira. «Mi dispiace, ma non ti seguirò là. Voglio mantenere la mia impresa esattamente com'è e gestirla con Brooke. Voglio restare vicina a Wyatt e Kayla. Diventerò presto zia e voglio poter andare a trovare mio nipote o la mia nipotina quando voglio. E sono sicura che non ci vorrà molto perché anche Kayla resti incinta.» Le si spezza la voce.

Studio la sua espressione. I suoi occhi riflettono nostalgia. Vuole quella vita per sé.

«Vuoi essere come loro» dico. «Incinta. Con un bambino da curare.»

«Sì» risponde Paige dolcemente.

Faccio un respiro profondo. «Potrei darti quella vita se verrai con me.»

«Non è una trattativa.» Si libera dalle mie braccia. «Immagino che sia un addio.»

«Che cosa significa, un addio?» sbraito.

Lei stringe le labbra. «Perché vogliamo cose diverse.»

«Ho detto che ti avrei messa incinta. Ti sto dando tutto quello che vuoi.»

«Ma non è perché lo vuoi anche tu. Tu vuoi avere tutto a modo tuo: il tuo posto a nord, costruito a modo tuo, con me come un di più. Capisco che tu abbia bisogno di vivere la vita a modo tuo, ma non è il mio.»

Sento rizzarsi i peli sulla nuca, il respiro che arriva più in fretta. *Tutto a modo tuo.* No, non sono come lui. Non è a modo mio o niente. Le sto offrendo qualcosa di grosso: un futuro con tutto quello che vogliamo entrambi.

«Paige, non sto facendo il prepotente in questo caso. Te lo sto offrendo.»

Lei scuote la testa. «Mi stai offrendo qualcosa per ottenere qualcosa. C'è una grande differenza.»

Alzo le braccia. «Sei impossibile! Me ne vado! Trovati un altro chef.»

«Bene!»

Corre al piano di sopra, nel suo appartamento. Questa volta la lascio fare.

Le sto offrendo tutto quello che potrebbe volere. È così testarda e cocciuta. Troppo indipendente.

Volto sui tacchi e torno in cucina per finire il mio lavoro per l'ultima volta. Cazzo, non ho bisogno di altri problemi.

15

Paige

Mi manca Spencer. Non mi chiama né manda un messaggio da una settimana. È lunedì, quindi so che oggi non sta lavorando. Forse mi farò viva a casa sua per vedere come sta. Forse era solo fuori fase per la morte di suo padre e non intendeva dire le cose come erano uscite. Ma è pretendere troppo volere una proposta di matrimonio che non sembri solo un mezzo per arrivare a un fine?

Non stavo dicendo sposami o dimenticami. Penso solo che se due persone hanno intenzione di sposarsi, non dovrebbe essere una sorpresa. Dovrebbe essere una cosa di cui si parla per un po', pensando al futuro. Ci frequentiamo solo da due mesi. È troppo presto per una proposta spontanea. Anche se aveva detto che mi avrebbe sposata quando c'era la possibilità che fossi incinta. In un certo senso è un uomo tradizionale, con un senso dell'onore e del dovere. È una buona cosa.

Okay, non ho intenzione di rinunciare a Spencer.

Arrivo alla casa che ha preso in affitto accanto al lago, ma non è in casa. Ho portato Bear con me, sperando che il suo bel musetto avrebbe rallegrato Spencer. Tutti si sentono più felici con Bear accanto.

Forse Spencer è andato a trovare sua madre o potrebbe

essere nell'ufficio di un avvocato, per capire come vendere l'impresa di suo padre. Mi siedo sui gradini del portico di casa sua per pensare, lasciando che Bear annusi intorno. Ripensandoci, non avrei dovuto essere così frettolosa nel dire addio a Spencer. Immagino di essermi spaventata sentendolo dire tutte quelle cose che normalmente vorrei sentire, ma che sembravano così sbagliate.

Il suo pick-up svolta nel viale e il mio cuore batte forte. Avrei dovuto preparare un discorso o qualcosa di simile.

Spencer scende, vestito casual con una t-shirt bianca e jeans sbiaditi. «Che cosa ci fai qui?»

«Volevo vedere come stavi.»

Si passa la mano sui capelli, respira forte e sbatte la portiera del pick-up. «Non sto bene.»

Vado da lui, portando con me Bear. Spencer dà un'occhiata a Bear e il suo atteggiamento cambia, si addolcisce. Si volta a guardarmi, con un'espressione ferita negli occhi.

Lo abbraccio. Me lo permette ma non mi abbraccia a sua volta. Mi tiro indietro. «Mi sembra che le cose si siano scaldate un po' l'ultima volta in cui ci siamo parlati. Avrei dovuto essere più comprensiva, visto il tuo lutto recente.»

«Non preoccuparti.» Mi passa accanto e va verso la porta, aprendola.

«Aspetta, che cosa sta succedendo? Hai comprato quel posto a nord?»

«Prima devo vendere la mia eredità. Sto andando a casa della mamma per farglielo sapere, prima di incontrare l'avvocato.»

«Pensi che accetterà la cosa?»

Lui sospira e si volta a guardarmi. «No. Sarebbe stato molto più facile se tu mi avessi appoggiato. Potrebbe perdonarmi se pensasse che ho intenzione di farmi una famiglia. Sono una delusione per entrambi i miei genitori. È una cosa con cui devo convivere.»

Entra in casa.

Prendo in braccio Bear e mi affretto a seguirlo, senza essere invitata. Il soggiorno è ordinato, come sempre. Un divano azzurro con i cuscini al loro posto, tavolini di vetro senza un'impronta. È attento alle sue cose, fino all'ultimo particolare. Promette bene per la gestione di un posto tutto suo. Se ne prenderà cura per tutto il tempo necessario.

«E se venissi con te da tua madre, come sostegno morale?» gli chiedo.

Lui guarda il soffitto e poi mi dà un'occhiata severa. «Perché dovresti farlo? Urlerà o piangerà, e nessuna delle due cose renderà piacevole la visita. Inoltre hai rotto con me.»

«Cancello la rottura.»

Spencer sospira. «Mi fai impazzire, donna. Dici che vogliamo cose diverse e poi mi scarichi quando offro di darti tutto quello che voi.»

Mi prendo un momento, attingendo all'ultimo brandello di pazienza che ho. Non ha ancora capito perché ero così irritata dalla sua proposta in stile trattativa. Spencer sta avendo un momento difficile e non può farci niente se sembra un orso ferito. *È* un orso ferito. Oh, Bear!

«Porterò Bear con noi» dico, sollevandolo. «Alleggerirà l'atmosfera e farà sentire meglio tua madre.»

«È più un tipo da gatti. Una volta ne aveva uno, poi è morto.»

Tengo stretto Bear, premendo la guancia contro la sua mentre guardiamo Spencer. «Dai, guarda questo musetto. A chi non piacerebbe un cucciolotto come questo?»

Spencer cerca di dare un'occhiataccia a me e Bear guancia a guancia, ma non riesce a resistere al musetto adorabile. Accarezza Bear sulla testolina dorata. «Potrebbe funzionare.»

Sento nascere la speranza. Significa che siamo tornati insieme? Ho paura di chiederlo. Mantengo un tono allegro. «Bene, andiamo. Credi che dovresti far sapere a tua madre che ci porti con te?»

«No. Sorprendiamola con Bear. Prima devo occuparmi di alcune cose qui.»

«Oh, bene. Ci incontriamo più tardi?»

«Tanto vale che venga con me. Vado a casa di tuo fratello.»

Spalanco gli occhi. «Perché?»

«Perché Sydney è la proprietaria dell'Horseman Inn. Voglio vedere se potrò ridurre gradualmente le mie ore di lavoro mentre costruisco il mio ristorante. Non voglio tagliare completamente i ponti.»

«Perché no? Avrai abbastanza soldi se venderai l'impresa di tuo padre.»

«Non è questione di soldi. È una questione di integrità artistica. Non voglio che debbano trovare in fretta il mio sostituto. Ho costruito io la reputazione di quel posto. Non ho intenzione di gettarla via.»

«È qui da quattro generazioni.»

Lui stringe gli occhi.

Alzo una mano. «Ma l'hai portato tu alla sua attuale gloria culinaria.»

«Grazie» risponde bruscamente. «Il vecchio chef serviva vecchie ricette, usando ingredienti surgelati. Sai perché serviva patatine fritte o al forno con ogni piatto? Perché non aveva immaginazione.»

«Sei *un vrai artiste*.»

«Adesso mi stai prendendo in giro.»

Nascondo un sorriso. «È stata la mia pronuncia francese?»

«È vero, quindi lascerò perdere.»

«Va tutto bene tra di noi?» Trattengo il fiato, dicendomi che devo accettare qualunque cosa dica.

Spencer si passa una mano sulla faccia. «Non so che cosa fare con te ed è una prima volta per me. Di solito sono svelto a tagliare a ponti, ma non voglio che finisca tra di noi.»

Sento un enorme sollievo e le ginocchia molli. «Va bene.»

«Ma hai ragione sul fatto di volere cose diverse. Tu vuoi Summerdale e la tua impresa qui. Il mio sogno è altrove. Che cosa dovremmo fare? Andare avanti e indietro?»

«Tre ore sono tante.» Gli metto la mano sul braccio. «Per te questo è un momento emotivamente difficile. Non prendere decisioni adesso, riguardo a me o a qualunque altra cosa.»

«Devo muovermi in fretta se non voglio perdere quella proprietà.»

«Beh, non perderai me se ti prendi il tempo di capire che ruolo ho nella tua vita. Più avanti, in futuro.»

Spencer studia la mia espressione. «Non vedo come possano cambiare le cose in futuro, ma apprezzo il tuo sostegno. Tu e Bear sarete un bel cuscinetto, sia con mia madre sia con tuo fratello.»

«Wyatt è un po' troppo...» *Iperprotettivo, invadente.* «Wyatt?»

«Ci andrà piano con me se ci vedrà insieme. Andiamo.»

Lo seguo al suo pick-up. «Che cosa significa? Ti ha detto qualcosa?»

Spencer apre la portiera e sale. Metto Bear sul sedile dietro di noi e mi siedo anch'io.

Spencer mi guarda, impassibile. «Wyatt mi ha detto di smettere di essere un idiota e fare pace con te. Ha detto che eri più irritabile del solito e che il solito era già abbastanza brutto.»

Alzo le spalle. «Sembra proprio lui.»

Spencer percorre il vialetto e svolta in strada. Non dice niente finché non arriviamo a casa di mio fratello. Resto in silenzio, cercando di sostenerlo invece di essere un'altra causa di irritazione nella sua vita. Amo quest'uomo e devo ricordare che cosa sta affrontando in questo momento.

Spencer parcheggia e spegne il motore, fissando davanti a sé.

«Va tutto bene?»

Si volta a guardarmi, con la voce roca per l'emozione. «Mi sei mancata.»

Lo abbraccio. «Mi sei mancato anche tu.»

Spencer mi bacia. «Per favore, non litigare con me. In questo momento non potrei sopportarlo.»

Gli rivolgo quello che spero sia un buon tentativo di sorriso dolce. «Sarò dolce come il miele.»

«Giusto. Quella non è la Paige che conosco e amo.»

Gli do uno spintone. «Ehi!»

«Così va meglio» mi dice, appoggiando la fronte alla mia. «Molto meglio.»

Spencer

«Quindi avete fatto pace» dice Wyatt sopra il rumore dei suoi cani, Palla di Neve e Rexie, che stanno abbaiando come matti all'ingresso. Probabilmente non aiuta il fatto che Bear è eccitato quanto loro.

Wyatt è circa della mia statura, sul metro e ottantacinque, capelli castani ondulati e gli occhi dello stesso color whisky di Paige. Studia l'espressione di sua sorella e sembra soddisfatto perché ci lascia entrare in casa.

Ordina ai cani di fare silenzio e smettono il frastuono, girandomi attorno e annusando curiosi. Palla di Neve è una shi tzu bianca e Rexie è una meticcia di pitbull beige. Bear corre per tutta la casa, probabilmente per cercare i giocattoli degli altri cani.

Wyatt ci indica. «Buon per voi. Adesso potrò finalmente avere un po' di pace e non dovrò sopportare le sue continue lagne.»

«Ehi, non mi lamentavo di lui» protesta Paige. «Non far sembrare che lo facessi.»

Wyatt mi dà un'occhiata ironica, poi si rivolge a lui. «No, era più una lamentela generica sul mondo, mentre sapevamo tutti qual era il vero motivo.»

In anticamera appare sua moglie, Sydney. Ha i lunghi capelli color Tiziano sciolti e non raccolti nella solita coda di cavallo. La maglietta blu con lo scollo a V lascia intravedere la lieve sporgenza della pancia. Sorride a Paige. «Ciao, zia Paige. Abbiamo fatto un'ecografia. Vieni a vedere la fotografia che abbiamo attaccato al frigorifero.»

«Ah sì? Avete scoperto qual è il sesso?» chiede Paige seguendola in cucina.

Mi unisco al gruppo raccolto intorno a un frigorifero di acciaio inox. Quattro magneti rossi tengono ferma sulla porta la copia dell'ecografia.

Paige si avvicina all'immagine. «Penso che sia una bambina.»

Sydney le dà una gomitata. «Non puoi dirlo. Il tecnico si è assicurato di fare il fermo immagine quando il bebè era leggermente voltato.»

«Sono piuttosto sicura di sapere come sono fatte le parti maschili» dice Paige.

Strizzo gli occhi e mi avvicino, ma tutto quello che vedo è un'immagine sfocata in bianco e nero. Vedo la testa, la curva di un corpo, una manina. Non capisco se ha le parti necessarie.

«Vogliamo che sia una sorpresa» dice Sydney a denti stretti. «Ero l'unica femmina in famiglia e Wyatt l'unico maschio della sua. Saremo felici in entrambi i casi, giusto, baby?»

Wyatt la tira verso di sé e mette la mano sulla piccola sporgenza della pancia. «Dev'essere un maschio. Non riusciamo a metterci d'accordo sul nome per una bambina.»

«Perché vorresti chiamarla Trouble, cioè problema o calamità, o Pandora» risponde Sydney.

Rido forte. Paige scuote la teste rivolta a suo fratello.

«Visto?» Sydney indica me. «La gente la prenderebbe in giro.»

Wyatt insiste. «Nessuno se la prenderà mai con una bambina che si chiama Trouble. Le staranno alla larga. E non c'è niente che non vada con Pandora, è il nome di una dea.»

Sydney gli ficca un dito nel petto. «Nessuno che conosca la mitologia greca si avvicinerà a Pandora, indica comunque guai. Stai già cercando di tenere gli uomini alla larga da tua figlia?»

«Consideralo uno campo di forza protettivo» dice. «Non avrà bisogno che io interferisca se il nome dirà tutto.»

Sydney lo guarda, impassibile.

«Che nome avete scelto se è un maschietto?»

«Andrew Matthew Winters» dice orgogliosamente Wyatt.

«Andrew, come mio padre» dice Sydney.

«E Matthew come il nostro» dice Paige. Dà una stretta al

braccio di Wyatt. «È veramente bello trasmettere il nome dei nonni. È come se vivessero dopo la morte, nella generazione seguente.»

«A meno che sia una bambina» dico. «Allora arriva il problema.»

Wyatt ride e mi dà una pacca sulla spalla.

«Comuuunque» dice Sydney, strascicando la parola. «Sediamoci, qualcuno vuole qualcosa da bere?

«Ci penso io» dice immediatamente Wyatt. «Vai a sederti.»

«Non è un problema» dice Sydney. «Il medico dice che è un bene per me restare attiva.»

Wyatt le mette la mano sulla schiena e la guida al tavolo. «Stai in piedi abbastanza al lavoro. Non esageriamo.»

Paige si china verso di me e sussurra: «Fratello iperprotettivo in azione».

«Si sta prendendo cura di lei» le sussurro in risposta.

Restiamo indietro, guardando Wyatt che estrae la sedia per Sydney e la fa sedere al tavolo. Niente di male. Ogni uomo decente farebbe la stessa cosa. Mio padre... Ingoio il groppo di emozione che ho in gola. Papà si prendeva cura della mamma in modo amorevole. E si prendeva cura anche di me, finché non avevo abbandonato la strada che aveva tracciato per me e avevamo cominciato a discutere costantemente. Aveva perlopiù mostrato un ottimo esempio di com'è una brava persona. Ho gli stessi valori d'onore e integrità. Mi ha insegnato a trattare le donne con rispetto. Lo ha fatto anche la mamma, immagino, solo con la sua amorevole influenza su di me. Mi volto, con le lacrime brucianti che minacciano di cadere.

Wyatt mi passa accanto mentre va in cucina. «Che cosa posso prenderti... Oh, ehi, va tutto bene?»

Paige volta di colpo la testa verso di me. «Ti serve un minuto?»

«Indicami solo dov'è il bagno» dico. «Da questa parte, vero?» Percorro il corridoio verso il soggiorno. Ero venuto in passato, per un servizio fotografico per beneficenza.

«È la prima porta sulla sinistra» mi dice Paige.

Sento la voce preoccupata di Wyatt mentre parla con Paige. Sanno tutti che ho perso mio padre di recente. Avevo preso una giornata libera per il funerale.

In bagno mi butto un po' d'acqua fredda in faccia e faccio qualche respiro profondo. Se vado a pezzi adesso, non riuscirò mai a finire questa conversazione e non sarò certamente in grado di affrontare la mamma e parlarle dei miei programmi.

Torno al tavolo qualche minuto dopo. Hanno tutti un bicchiere d'acqua e ce n'è uno per me accanto alla sedia di Paige. Mi siedo e bevo un lungo sorso.

«Come stai?» chiede gentilmente Sydney.

«Sappiamo che è difficile» dice Wyatt. «Abbiamo entrambi perso nostro padre.»

Annuisco e mi schiarisco la voce. «Grazie. Quindi arriverò al punto. Ho ereditato l'impresa di mio padre e ho intenzione di venderla e usare il ricavato per aprire un ristorante. Ho adocchiato una proprietà a nord. Ci vorrà del tempo per costruirlo, quindi volevo farvelo sapere fin d'ora per darvi un po' di tempo per trovare un sostituto.»

«Oh, wow, Spencer. È una grande notizia» dice Sydney. «La tua cucina è stata un fattore di enorme attrazione per il ristorante. Non so se potremo mai trovare qualcuno alla tua altezza.»

Do un'occhiata di sottecchi a Paige, non dico gongolante, ma quasi. Lei mi rivolge un sorriso a labbra strette.

«Mi è veramente piaciuto lavorare lì con entrambi» dico.

«Detestiamo l'idea di perderti, ma capisco che tu voglia qualcosa di tuo» dice Wyatt. «Vorrei che ci aiutassi a intervistare il candidati e, ovviamente, intendo dire assaggiare la loro cucina.»

«Certamente.»

Mi fissano entrambi, pensierosi. Li ho sorpresi. Lavoro all'Horseman Inn da più di un anno e si sono sempre dichiarati entusiasti della quantità di clienti che ho procurato. Comunque, aprire un ristorante mio è sempre stato il mio sogno.

«Che tipo di impresa hai intenzione di vendere?» chiede infine Wyatt.

«No» dice Sydney.

«Sto solo chiedendo» le risponde Wyatt.

«Papà possedeva un'affermata catena di concessionarie auto» dico. «Auto nuove e usate.»

«Quante e dove?» chiede Wyatt.

«Cinque. Tutte nello stato di New York, ma più a nord. La più vicina è a un'ora da qui.»

C'è una scintilla negli occhi di Wyatt quando si china verso di me. «Potrei conoscere un paio di tizi che sarebbero interessati all'acquisto dell'impresa e poi assumere qualcuno per gestirle. Potrei anche conoscere qualcuno che vorrebbe comprarle e gestirle direttamente.»

Sydney agita una mano in aria. «Ehi! Qui c'è la tua mogliettina incinta. Con la nostra attività e il bambino in arrivo, non è questo il momento per assumersi altri impegni. Un'ora o più è un viaggio lungo e un grande impegno di tempo.»

Wyatt le rivolge un sorriso che è quasi un sogghigno. «Mi piace sentirmi utile, ma non avevo intenzione di gestirle io. Controllerei i conti e le considererei un investimento. Qualcun altro penserebbe alla gestione quotidiana.»

Sydney scuote la testa. «Non riusciresti a fare a meno di lasciarti coinvolgere. Ti conosco.»

«Ha ragione» aggiunge Paige.

«Nessuno te l'ha chiesto» dice Wyatt, allungando la mano e dando una tirata di capelli a Paige.

Lei sbuffa.

Wyatt si rivolge a me. «Mandami le informazioni. Nel frattempo, mi informerò un po' in giro.»

«Ti ringrazio, apprezzo l'aiuto. Non ho mai venduto un'attività prima d'ora.» Mi alzo. «Sarà meglio che vada. Volevo parlarti a faccia a faccia della situazione lavorativa. Adesso devo andare a dare a mia madre la notizia che intendo vendere. Lei pensa che dovrei occuparmi io dell'impresa come voleva mio padre.»

Paige si avvicina, mettendomi la mano sul braccio per dimostrare il suo sostegno. Sono così contento che sia di nuovo al mio fianco.

«Oh, era un regalo con delle condizioni» dice Sydney. «È difficile. Prenditi tutto il tempo di cui hai bisogno per risolvere le cose. Non ti sei preso molto tempo per elaborare il lutto.»

«Sto bene» dico. «Preferisco lavorare.»

Sydney abbraccia me e Paige e poi si scusa e va in bagno. Paige prende in braccio Bear che è ancora in cucina a cercare briciole. Lo stringe come se fosse un bambino. Molto presto sarà troppo grosso per poterlo fare.

Wyatt ci accompagna alla porta e i cani lo seguono. «Tuo padre per caso vendeva auto classiche?»

«No, solo quelle normali, più che altro Nissan, Jeep e Chevrolet.»

«Ho comprato una Corvette Stingray coupé del 1963 con cui giochicchiare in garage, ma non mi dispiacerebbe avere una concessionaria che mi desse un accesso preferenziale a tutte le auto classiche che possono arrivare.»

Palla di Neve mi annusa la scarpa e Rexie mi gira intorno per annusarmi il sedere. Allontano Rexie.

«*Non* comprerai una concessionaria» dice Paige a Wyatt. «Ascolta tua moglie. Devi lavorare per stabilire *qui* la tua dinastia.»

Wyatt sorride. «Sydney parla della nostra dinastia da quando è rimasta incinta. Dio come amo quella donna.» Mi mette una mano sulla spalla. «In bocca al lupo per il discorso con tua madre. Fammi sapere delle concessionarie.»

«Grazie. Lo farò.»

Paige gli bacia la guancia ruvida. «Adesso sei un papà. Vai a fare le tue cose.»

Wyatt sorride. «Sto segretamente sperando che sia una femmina. Ho aiutato la mamma a crescere tre sorelle minori, quindi so che cosa fare.»

«Hai solo due anni più di me.»

Wyatt continua come se lei non avesse parlato. «Trouble Winters. Attento mondo! Arriva Trouble.»

Paige gli dà uno spintone. «Tu vuoi semplicemente dire "Arrivano i guai", ogni volta che entra in una stanza.»

Lui ridacchia, tornando da sua moglie. I cani gli trotterellano dietro.

Paige e io torniamo al mio pick-up. Avere Wyatt dalla mia parte mi ha tolto un gran peso. È un uomo d'affari molto esperto che ha già gestito e venduto aziende di successo. «Tuo fratello è una brava persona.»

Paige sorride. «È vero. È invadente, ma ha un gran cuore.»

Appena siamo sul pick-up, con Bear sul sedile posteriore, mi dice: «Va bene permettere a Wyatt di aiutarti, ma non vendere a lui perché poi vorrà occuparsene. Non può farne a meno. E, come hai sentito, Sydney non sarebbe contenta di averlo così lontano».

«Ma sarebbe una vendita facile e veloce.»

«Non c'è niente di facile con Wyatt e le imprese. Avresti a che fare con le sue pretese e potrebbe diventare un casino, dato che sei coinvolto con me.»

Sta pensando che in futuro saremo sposati? Pensavo avesse rinunciato a quell'idea.

«Perché sarei costretto a vederlo agli eventi di famiglia?» le chiedo.

Lei sbatte gli occhi un paio di volte, come se stesse cercando la risposta giusta. «Meglio non mischiare gli affari con la famiglia della tua ragazza. Ecco tutto.»

Le metto la mano sulla guancia e la bacio. Sta cominciando ad accettare l'idea di un futuro con me. «Accetterò la tua parola.»

16

Quel discorso è andato meglio di quanto mi aspettassi. Speriamo che anche il prossimo vada altrettanto bene. Il viaggio mi dà un po' di tempo per pensare come spiegare alla mamma nel modo più calmo e razionale che vendere l'attività non è tradire papà. È passarla nelle mani di qualcuno con più esperienza di me, probabilmente facendo in modo che continui ad avere successo, permettendomi al contempo di realizzare il mio sogno. Anche lei potrebbe realizzare i suoi sogni con la metà del ricavato. Non so nemmeno se abbia un sogno. Si è sempre dedicata completamente alla famiglia. Devo passare più tempo con lei per cercare di conoscerla. Siamo solo noi adesso.

«Se a tua madre non piacerà Bear, potrei semplicemente restare nel portico dietro la casa con lui mentre parlate.»

«Dovresti essere lì come sostegno morale. Parole tue.»

«Beh, non voglio che si agiti.»

«Si agiterà comunque» dico cupamente.

Lei mi accarezza la spalla. «Pensiamo in modo positivo. Forse capirà e sosterrà il tuo sogno. Come me.»

«Anche se mi porta lontano da te.»

«Potremmo incontrarci a metà strada. Un'ora e mezzo di viaggio per ciascuno è fattibile, no?»

«Penso ancora che dovresti venire con me.»

«La mia attività sta appena decollando.»

Sospiro. Una cosa per volta. Innanzitutto, devo essere sicuro di avere i fondi per comprare la proprietà che voglio. Dal punto di vista legale mia madre non potrebbe impedirmelo, ma non voglio che il nostro rapporto si incrini. Devo fare tutto con attenzione per non ferire i suoi sentimenti.

Paige mi parla delle ultime novità sul programma Best Friends Care al rifugio. È così eccitata di aver potuto incontrare la famosa attrice Harper Ellis che ha dato il via al programma a Summerdale. Paige è così investita nella loro missione che sta perfino pensando di prendere in affido un altro cane quando Bear andrà a vivere con il suo nuovo padrone. Ci vuole un cuore grande per amare un cane e permettergli di andare a un'altra persona dopo un anno. Non so se Paige si rende conto di quanto sarà difficile, o forse sì ed è il motivo per cui vuole prendere un altro cane.

«Contribuirò anch'io al programma» dico. «Mi sembra un'idea meravigliosa.»

«Bene! Wyatt e Harper hanno già donato abbastanza soldi per finanziarlo per un anno, ma sono sicura che potrebbero accantonare una donazione per il prossimo anno.»

«Wyatt ti ha aiutato a pagare la locanda?»

«Assolutamente no. Ti ho detto che tende a prendere il comando quando è coinvolto in un'impresa. Brooke e io stiamo state attente a impedirgli perfino di vedere la locanda finché non è finita la ristrutturazione. Le sue intenzioni sono buone e lo apprezzo, ma, sai... paletti. Bisogno metterli.»

«Lo immagino. Sembra solo che sarebbe stato più facile per voi.»

«Abbiamo fatto la scelta giusta. Fidati. Ora dimmi dei tuoi piani per il ristorante.»

Sorrido solo pensandoci. «L'area della reception sarà rustica, legno e ferro battuto e ci sarà una grande sala da pranzo aperta con finestre a tutta altezza per permettere di godere del panorama. Lucernari per godere della luce naturale. Voglio dare la sensazione che l'interno e l'esterno si fondano. I tavoli saranno di legno scuro lucido con sedie imbottite per incoraggiare la gente ad attardarsi sul pasto. Di notte ci saranno applique alle pareti e piccole candele sui tavoli, per offrire una luce morbida. Tutto progettato per regalare un'esperienza rilassante.»

«Sembra bello» dice. «Il bar?»

«Sì, una stanza separata per il bar dove la gente potrà aspettare o mangiare qualcosa al volo. Non voglio che il rumore del bar arrivi alla sala da pranzo.»

«Quanti coperti prevedi?»

«Cinquanta. Non voglio che sia troppo grande, ma servono coperti a sufficienza per mantenere in attivo il ristorante.»

«È un peccato che la proprietà su cui hai posto gli occhi sia così lontana perché per la locanda ho lavorato con una decoratrice d'interni eccezionale, Skylar. Sta ancora costruendosi un portfolio, quindi è più abbordabile. Ti piacerebbe lavorare con lei per realizzare la tua visione.»

Mi parla di Skylar e del costruttore che ha lavorato alla locanda, Gage, di cui dice grandi cose. Sono contento che abbia avuto un'esperienza così positiva. Quanto a me, sono da solo. Va bene, troverò le persone giuste.

Poco dopo riconosco i punti di riferimento familiari e comincio a innervosirmi. Afferro più stretto il volante, ripassando il discorso. *Mamma, sono grato per l'eredità e spero che tu capisca che non sto facendolo per dare contro a papà, ma vorrei usarla per aprire il ristorante dei miei sogni.* Semplice e diretto al punto.

Svolto nel vialetto della casa in cui sono cresciuto. Una villa in stile Tudor. Mi viene in mente di colpo che la mamma potrebbe volerla vendere. Mi si stringe lo stomaco a quel pensiero. È una casa enorme per una sola persona. Sarebbe difficile sapere che non ho la casa della mia infanzia a cui tornare, ma potremmo partire alla pari se mi dicesse lei che la vuole vendere prima che glielo dica io. Staremmo entrambi voltando pagina per arrivare a qualcosa che funzioni per noi.

Sospiro a lungo, non sono ancora pronto ad affrontarla.

«Ce la farai.» Paige mi dà un bacio sulla guancia e prende Bear dal sedile posteriore.

Scendo dal pick-up e aspetto Paige. Sono lieto che mi faccia da cuscinetto anche se non sono sicuro che attutirà il colpo per la mamma.

Suono il campanello.

La mamma viene ad aprire un momento dopo. Ha un aspetto migliore dell'ultima volta in cui l'ho vista, un po' più di colore sulle guance e niente occhiaie. Indossa un maglioncino giallo a maniche corte e pantaloni bianchi. «Oh, non sapevo che avresti portato Paige. È bello vederti. Uh-oh, il tuo cane.» Indica Bear. «Per carino che sia, non so se gli piaceranno Stella e Charlie. Sono i miei nuovi gattini.»

La mamma ha preso due gattini?

«Per Bear è un bene socializzare» dice Paige. «Ci si aspetta che lo presenti a un mucchio di gente in ambienti diversi. È un cane molto gentile e accomodante. Ma se preferisce, posso metterlo in cortile.»

La mamma fa un passo indietro, indicandoci con un sorriso. «Entrate. Vediamo come se la cava con i gatti.»

Sono così contento di vederla sorridere che mi ritrovo a sorridere anch'io.

Paige porta dentro Bear. «Non ha mai incontrato un gatto. Sono amichevoli?»

La seguo, cercando i gatti.

«Molto amichevoli» dice la mamma. «Fratello e sorella. Stanno dormendo insieme sul divano.» Guarda il divano dietro di sé, che è vuoto. «Oh, si devono essere spaventati. Torno subito.»

Paige si siede sul divano e ordina a Bear si sedersi sul pavimento accanto a lei, lodandolo con generosità quando obbedisce. Bear ha la lingua fuori, di lato alla bocca, immagine di beatitudine canina. «Immagino che non avessimo bisogno di Bear per rallegrarla.»

Mi siedo accanto a Paige. «Immagino di no.» Sono passate due settimane da quando è morto mio padre ma sembra che la mamma se la stia cavando bene. È addolorata, come me.

Ma non si sta ritirando dal mondo. Ha trovato qualcosa che le dà conforto.

La mamma torna dalla cucina, in braccio due gattini bianchi e neri. Più che altro neri con macchie bianche sul petto, le zampe e il naso. La mamma si siede dall'altro lato di Paige e Bear salta in piedi, abbaiando ai gattini, che si inarcano allarmati, gonfiando la coda. Paige zittisce Bear mentre la mamma tiene calmi i gattini, parlando con loro. Un momento dopo cane e gatti si stanno annusando.

La mamma mette i gattini sul pavimento e loro vanno da Bear, annusandolo. Uno di loro dà una zampata alla sua coda e lui si muove in cerchio per fermarlo. La mamma sta sorridendo guardandoli interagire.

«È bello che abbia preso dei gattini» le dico. «Rallegrano l'ambiente.»

La mamma torna seria. «Tu come te la stai cavando?»

Sospiro. «Sono triste, lo sai, ma sto anche facendo piani per il futuro.»

«È quello di cui volevi parlarmi? L'impresa di papà?»

«Sì.» Cerco di recuperare il discorso che mi ero preparato ma guardando la sua espressione ansiosa e i suoi occhi gentili, la mia mente si svuota.

Paige si sposta per sedersi sul pavimento accanto a Bear, appoggiandosi alla poltrona reclinabile di papà. «Spencer è uno chef fantastico. Ha mai provato a fermarsi all'Horseman Inn per provare la sua cucina?»

«Ci ha preparato i pranzi del Giorno del Ringraziamento e di Natale da quando era alle superiori, ma non siamo mai andati in nessuno dei suoi ristoranti.»

«A causa di papà» dico. Non è una domanda.

La mamma guarda i suoi gatti che saltano sulla coda in continuo movimento di Bear, giocando. È buono con loro, non ringhia né si ribella, si limita a spostarsi. «Sapevamo che eri bravo in quello che fai. Chi altri ci avrebbe servito un pranzo da gourmet di cinque portate?»

«Vorrei farlo di nuovo, nel mio ristorante» dico. «Papà mi ha reso possibile realizzare il mio sogno.»

La mamma sospira. «Intendi vendere l'impresa a degli estranei.»

«Il fratello di Paige conosce un sacco di gente nel mondo degli affari. Potrebbe filtrarli e assicurarsi che sia a qualcuno in gamba. Le concessionarie continueranno a esistere, ma non sotto la mia direzione.»

Mia madre scuote la testa. «Non è mai riuscito a rinunciare al suo sogno di condividere l'attività con te.» Si avvicina, mi prende la mano e la stringe. «Gli ho detto di lasciar perdere e trovare qualcuno da addestrare e prima o poi rilevare l'impresa, ma quando si metteva qualcosa in testa non deviava mai. Immagino che fosse quello che lo rendeva così bravo in quello che faceva. Fissava degli obiettivi di vendita e li raggiungeva. Sempre.»

«Lo so.»

Mi rivolge un sorriso un po' tremante. «Senza tuo padre qui mi sento un po' persa. Era sempre quello con un piano, sai?»

Annuisco.

«Devo cominciare a prendere io le decisioni per il mio futuro e tu dovrai fare lo stesso.»

«Mi eri sembrata così sconvolta quando ho parlato di vendere l'attività.»

«Sto parlando con una psicologa, per elaborare il lutto. Ogni giorno, in effetti e mi ha aiutato molto. Niente sarà più come prima. Non per me e nemmeno per te. Un passo alla volta e troverò la mia strada per un modo diverso di vivere. Tuo padre era una tale presenza.»

L'abbraccio, con la gola stretta. È difficile.

Lei si asciuga una lacrima e si raddrizza. «Ho sempre desiderato che avessi un fratello o una sorella, ma non è semplicemente stato possibile. Sarebbe stato un bene per te e non saresti stato così sotto pressione perché prendessi il posto di tuo padre.» Mi mette le mani sulle guance. «Il mio ragazzo. Sono così fiera di te.»

Mi bruciano gli occhi. «Grazie» riesco a dire con il groppo che ho in gola.

«Anche tuo padre era fiero di te. In ufficio si vantava sempre dei tuoi pranzi delle feste. E si godeva gli avanzi con un'espressione di meraviglia sul volto, ma non è mai riuscito ad ammetterlo. Pensava che se ti avesse incoraggiato troppo come cuoco, non avresti mai accettato di lavorare con lui.»

Era così fuori strada.

Tiro su col naso, con gli occhi che bruciano. «Sapevo che gli piaceva la mia cucina. Era l'unico momento in cui smetteva di parlare e puliva sempre il piatto.» Mi si soffoca la voce.

Paige passa a entrambi i fazzolettini. Ha anche lei i lucciconi.

«Grazie, tesoro» dice la mamma.

«Prego» risponde Paige.

«Paige, perché non ti siedi accanto a Spencer?» La mamma si alza e va a sedersi sulla sua poltrona.

Paige si siede accanto a me e mette la mano nella mia. Non riesco ancora a credere come siano andate lisce le cose. Temevo che la mamma mi ripudiasse. Ma sono il suo unico figlio. In un certo senso deve sopportarmi.

Restiamo in silenzio per un momento. Bear sospira. Lo guardiamo tutti. Bear è sdraiato, esausto, con i gattini rannicchiati contro la sua pancia.

«Aww» sussurra Paige. «È buono perfino con i gatti.»

«Lo hanno esaurito» dico.

La mamma sorride, guardando Bear con i gatti. «Sai, tuo padre e io avevano intenzione di ritirarci in Florida, in futuro.»

Sento il cuore che accelera. È proprio la cosa che mi aspettavo e che non ero ancora pronto a sentire. La mia casa di famiglia andata, i miei ricordi legati a questo posto persi per sempre. «Davvero? Hai intenzione di trasferirti?»

«Non ora. Ho bisogno di tempo per elaborare il lutto, ma forse tra un anno. Verresti a trovarmi se fossi là?»

«Mamma, naturalmente! Verrei a trovarti dovunque. Dovrai sopportarmi per tutta la vita.»

Paige tira su col naso. «Queste lacrime sono contagiose.»

Bacio Paige sulla tempia e vado ad accucciarmi accanto alla poltrona di mia madre. «Mi occuperò di tutto ciò di cui hai bisogno.»

Lei mi stringe la spalla. «Hai tutte le migliori qualità di tuo padre.»

«E le tue. Non sarei l'uomo che sono senza di te. Ti voglio bene, mamma.»

Le scendono le lacrime sulle guance. «Ti voglio bene anch'io.»

L'abbraccio e un naso freddo mi colpisce il collo. Bear vuole partecipare. Appena mi stacco i gattini saltano in grembo alla mamma.

Mi tiro indietro mentre la mamma riceve le coccole di Bear, Stella e Charlie. Gli animali sanno quando qualcuno ha bisogno di un po' di amore in più. Poi mi volto a guardare Paige, vedo l'amore nei suoi occhi e capisco che devo trovare un modo per lavorare insieme. «Anche tu dovrai sopportarmi.»

Lei si appoggia alla mia spalla. «Fortunata me.»

Mi tiro indietro. «Era sarcasmo dalla mia futura moglie?»

Lei annuisce, con le guance che diventano rosse mentre sussurra: «Non riesco a credere che l'abbia detto di fronte a tua madre».

«Futura moglie?» chiede mia madre. «C'è qualcosa che vorresti dirmi?»

«Mamma, io la amo. Le ho appena detto che ci sposeremo.»

Lei si rivolge a Paige. «E tu sei d'accordo?»

Paige sorride, con gli occhi che si riempiono di lacrime. «Lo amo con tutto il cuore. Anche lui dovrà sopportarmi.»

La mamma stringe le labbra. «Non è stata una proposta romantica, Spencer.»

«Oh, non ho ancora accettato» dice Paige. «La proposta romantica arriverà al momento giusto. Non mi fidanzerò spontaneamente o per ordine suo. Ci sono un momento e un posto giusti per questo genere di cose.»

Le bacio la guancia. «Ma hai riconosciuto che succederà.»

«Sì.»

Sento esplodere la gioia in petto. Non sapevo che si potesse provare una gioia simile, specialmente così presto dopo una perdita. L'afferro e la tiro in grembo, accarezzandole la guancia. «Mi prenderò cura di te e di tutti i figli che avremo in futuro. Anche i cuccioli, tutti. Puoi contare su di me.»

Paige ridacchia. «Anche i cuccioli?»

«Siete tutti sotto il mio dominio.»

«Che ne dici se condividiamo questo dominio?»

«Affare fatto.»

«Avrò finalmente dei nipotini da viziare!» esclama la mamma, correndo ad abbracciare Paige.

Mi alzo e mi unisco a loro per un abbraccio di famiglia, guardando la poltrona reclinabile di papà. Mi piacerebbe pensare che ci sta sorridendo dall'alto. Dopo tutto ho reso felice l'amore della sua vita e le ho dato qualcosa in cui sperare: nipotini. Un giorno, in un futuro non molto lontano. Papà farà ancora parte di tutto. Sono io la sua vera eredità, io, non l'impresa, e un giorno passerò ai miei figli le sue caratteristiche migliori. Onore e integrità, soprattutto.

E con questo, il senso di colpa svanisce.

Bacio i capelli di Paige. La donna che litigava con me mi ha amato e sostenuto. Mi ha dato tutto e passerò il resto della mia vita a ricambiarla.

EPILOGO

Due settimane dopo.

Paige

Pop! È l'ora dello champagne.

«Brindiamo al nostro sogno!» Faccio cin-cin con il bicchiere di Spencer. Siamo a casa mia e stiamo festeggiando la vendita delle concessionarie. I contatti di Wyatt hanno reso possibile una vendita veloce a un socio in affari che adora le auto. La mia felicità per Spencer è solo un po' offuscata dalla preoccupazione perché ha intenzione di trasferirsi a tre ore di distanza nella proprietà dei suoi sogni. Ma lo sosterrò comunque. Voglio che sia felice.

Sorseggiamo entrambi lo champagne. Spencer appoggia il bicchiere sul tavolino e si volta verso di me. Il mio cuore accelera, pensando alla notizia che temo: sta andandosene da Summerdale. E da me.

Fa un respiro profondo. «Allora, ci ho pensato molto...»

Bear salta sul divano tra di noi.

«Giù» gli dico e poi lo lodo quando salta di nuovo sul pavimento. Resta seduto davanti a me, con gli occhi scuri che mi guardano. Lo strofino dietro le orecchie e chiude gli occhi a metà, per la pura beatitudine canina. Presto Bear sarà cresciuto e non voglio che il suo nuovo proprietario debba litigare con lui per lo spazio sul divano.

Spencer si avvicina di colpo, baciandomi sul collo e allungandomi sul divano sotto di lui. Oh, così è molto meglio di un difficile discorso sulla nostra relazione. Sento gli occhi di Bear su di noi e spero che si annoi presto e si addormenti.

Spencer mi scosta i capelli dalla faccia e mi appoggia la mano sulla guancia. «Questa è la parte dove parliamo della nostra relazione.»

«Okay» dico con la voce un po' strozzata. «Innanzitutto voglio dire che desidero solo che tu sia felice.»

Si alza un angolo della sua bocca. «Sono lieto che la pensi così, perché credo che dovremmo fondere i nostri sogni.»

È una proposta? Vuole che mi trasferisca a tre ore di distanza, nella proprietà dei suoi sogni? «Che cosa intendi con fondere?»

Lui mi accarezza col pollice il punto sensibile appena sotto l'orecchio. «Intendo dire che dovremmo vivere e lavorare insieme.» Mi bacia, sistemandosi tra le mie gambe. In un lampo, tutti i miei pensieri spariscono quando mi attraversa una fitta di piacere. Il suo calore, il suo sapore, la pressione proprio nel punto giusto.

Spencer alza la testa e si rivolge a Bear, che ci sta guardando. «Vai a prendere la palla.»

Bear si precipita verso la scatola di cartone nell'angolo piena di giocattoli.

«Sai che è un cane da riporto» dico. «Tornerà subito con la palla.»

Spencer mi mordicchia il labbro. «Ecco che cosa stavo pensando...»

«Mi piace che non sia stata semplicemente una dichiarazione.» *Nota anche come ordine.* È incline a farlo, dato che è il capo nella sua cucina. Gli accarezzo i capelli sulla nuca. «Adesso sembra che potrò dire anch'io la mia.»

«Certo. Hai accettato di diventare mia moglie.»

Sorrido. «Non è ancora ufficiale, ma sì, a un certo punto mi piacerebbe, quando sarà il momento giusto.»

Lui mi bacia a lungo appassionatamente. Quando finalmente mi lascia emergere per respirare, mi dice: «Ho fatto un'offerta al tuo vicino, il vedovo. Potrebbe essere più facile che accetti se sarai disponibile a un contratto privato, senza intermediari».

Sbatto gli occhi, veramente sorpresa. Non ne aveva mai parlato. «Okay» dico lentamente.

Mi sorride. «Quella casa è per noi. Il B&B e il ristorante sarebbero insieme proprio qui, nella tua proprietà. Spero di poter usare una parte del terreno per ingrandire l'orto. Magari piantare qualche albero di mele e tenere qualche gallina.»

Sento una scossa di adrenalina. Sono entusiasta e preoccupata insieme. Sembra perfetto per noi, ma non è il suo sogno. Gli do uno spintone e lui si siede. «E la proprietà dei tuoi sogni, al nord, con il frutteto, l'orto e tutti gli animali?»

Bear abbaia. La palla è ai piedi di Spencer.

«Vai a prendere la manichetta» gli ordina Spencer.

Bear piega la testa.

«Manichetta.»

Bear corre nuovamente verso la scatola dei giochi.

Faccio un respiro profondo. «Potresti per favore smettere di giocare con il mio cane abbastanza a lungo per discutere il nostro futuro?»

Spencer si alza e mi solleva semplicemente dal divano. Non squittisco nemmeno. Mi sto abituando ai suoi improvvisi gesti di affetto. «È ora di andare in camera. Niente cani.»

Gli accarezzo il petto. «E la proprietà dei tuoi sogni? Qui non puoi fare tutto quello che volevi.»

«Mi sono reso conto che il motivo per cui volevo una grande proprietà al nord era dimostrare ai miei genitori che avevo avuto successo. Magari una volta tanto si sarebbero fermati per vedermi all'opera. Le cose adesso sono diverse e, beh, non devo dimostrare niente a nessuno. Sto per ottenere esattamente ciò che volevo: il mio ristorante.»

Stringe le labbra e cerco di non sorridere nonostante la felicità che sta per traboccare. «Sei sicuro?»

«Hai un orto. Abbiamo Bear...»

«Solo finché avrà un anno.»

Bear corre da noi e lascia cadere la manichetta ai piedi di Spencer. Lui e io ci scambiamo uno sguardo, impressionati.

«Buon lavoro» dice Spencer. «Vai a prendere la corda. Corda.»

Bear si precipita ad andare.

Spencer supera la soglia della mia camera e chiude la porta alle nostre spalle. «Adesso, dove eravamo?»

«Stavi dicendo che rinunceresti al tuo sogno e ti accontenteresti di un orto e di un cane in affido, ma...»

Spencer mi bacia, zittendo i miei dubbi. «Non mi sto accontentando. Sei tu il mio sogno. Noi due insieme è tutto ciò che voglio.»

Sorrido, sentendomi leggera, senza peso. Potrei fluttuare via in una nuvola di felicità se non mi stesse portando lui in braccio. Ah!

Accarezzo la barba corta. «E il latte fresco e il burro della tua mucca?»

Lui mi getta su letto e si butta sopra di me. «Donna, non mi stavi ascoltando? Tutto ciò che voglio sei tu.»

Stringo le braccia intorno a lui. «È tutto?»

«E un ristorante. Sarebbe perfetto, se te la senti di fonderti con me.»

Lo interrompo con un bacio appassionato. «Sono pronta alla fusione.» Abbasso la voce fino a un sussurro sexy. «In *ogni* modo.»

Mi toglie la maglia con un basso mormorio di approvazione. «Mi piace.»

Ci spogliamo a tempo di record e sbattiamo l'uno contro l'altra, di colpo famelici.

«Ti amo» dice con la voce roca. *Bacio. Bacio più lungo.*

«Ti amo anch'io.»

E poi non ci sono più parole. Solo desiderio e amore mentre ci fondiamo, corpo e anima, sigillando una promessa per il nostro futuro insieme.

~

Eccolo, è arrivato il grande momento. Spencer, la mia ex-nemesi e ora il mio adorato, è accanto a me di fronte al garage a due posti sul grande lotto di lato alla locanda. Sarà il punto dove sorgerà il ristorante di Spencer. Abbiamo terreno in abbondanza e il consiglio municipale ha convenuto che sarebbe stata una buona aggiunta alla proprietà della locanda. Anche i vicini sono d'accordo. In città sono tutti fan della cucina di Spencer.

Una volta completata la costruzione abbiamo intenzione di rinnovare la casa vicina, adesso di nostra proprietà. Ce l'abbiamo fatta! Con un'offerta al di sopra del prezzo di mercato e una vendita privata, non ci sono stati problemi. Mia sorella Brooke, il brillante architetto, sta preparando un bel progetto per il restauro. Ovviamente ho dovuto informare l'editore di *Leisure Travel* dei nuovi sviluppi, e hanno accettato di fare un pezzo su di noi la prossima estate. Ho fatto gol!

Sto ancora aspettando il prossimo matrimonio alla locanda per mandare le fotografie a Bride Special. Spero che sia il mio. No, non siamo fidanzati ufficialmente. Niente anello, nessuna proposta romantica. Ancora.

«Sei sicura?» mi chiede Spencer. «Non si torna indietro. Dopo questo non ti libererai più di me, Sarò proprio lì, nel tuo cortile.»

Sorrido. «Questa volta, se litigheremo conosco un modo sexy di fare pace.»

Mi prende il volto tra le mani e mi bacia.

Qualcuno si schiarisce la voce.

Mi volto e vedo Gage, il proprietario dell'impresa che abbiamo usato per la locanda e che lavorerà al ristorante. È giovane, nemmeno trent'anni, un tizio forte e muscoloso con corti capelli castani rasati ai lati. Brooke dice che è un tipo *togliti dai piedi e lasciami fare il mio lavoro* e ha ragione. Abbiamo anche assunto Skylar, l'arredatrice d'interni che abbiamo usato per la locanda. È di famiglia, ora che suo fratello Max ha sposato mia sorella Brooke. L'ho fatta venire oggi per controllare le prime fasi del progetto.

Gage mi fissa con un'espressione impassibile. Spencer e io stiamo ritardando la demolizione del garage.

«Potresti farci una fotografia davanti al garage?» chiedo, porgendo il telefono a Gage.

Lui grugnisce e prende il telefono. Non è un gran parlatore.

Skylar, una brunetta carina con i capelli lunghi e un atteggiamento perpetuamente solare, ci indica. «Assicurati di inquadrare la locanda sullo sfondo.»

«Okay» borbotta Gage, arretrando e angolando il telefono in modo da includere anche la locanda nella fotografia.

Spencer mi mette il braccio sulle spalle. «Di' Bear.»

«Oh, Bear! Lasciamelo prendere.»

Gage emette un gemito virile. «Sai che i miei uomini hanno già timbrato, vero?»

La sua squadra sta aspettando sul prato davanti, con una serie di attrezzi in mano.

«Sì, sì. Ho solo bisogno di commemorare l'evento nel modo giusto.»

Mi precipito dentro e di sopra, nel mio appartamento, dove Bear sta dormendo nella sua gabbia, su un soffice letto. «Svegliati, è ora di fare le fotografie.» Apro la gabbia e tiro fuori il mio bambino peloso, stringendolo al petto. «Questa fotografia andrà dappertutto: nell'album delle foto della locanda, il sito web, tutto il materiale del marketing. Stiamo facendo la storia.»

Aggancio il guinzaglio ma lo porto comunque in braccio al piano di sotto, solo per avere più tempo per le coccole. Bear ha cinque mesi e pesa quasi quindici chili. È ancora il mio bambino peloso e sto man mano mettendo su muscoli grazie a lui. Situazione vincente, da qualunque parte la si guardi.

Appena siamo fuori, Spencer mi chiama. «Ti ho detto di far camminare di più Bear. Lo porti troppo in braccio. Deve far lavorare quelle zampette.»

«Le fa lavorare tutti i giorni, quando giochiamo.» Appoggio Bear sull'erba e gli dico di fare i suoi bisogni. Poi lo accompagno verso il garage, accanto a Spencer.

Skylar è direttamente dietro a Gage e lo guarda mentre ci fotografa, dandogli consigli sulle diverse inquadrature.

Gage si volta verso di lei e le porge il telefono. «Sembra che voglia fare tu le fotografie.»

Lei gli rivolge un sorriso abbagliante. «Stai facendo un ottimo lavoro. Continua pure. Se ci riesci, includi anche l'orto nello sfondo.»

Lui borbotta qualcosa sottovoce e fa altre fotografie. Spencer esagera, abbassandomi sul braccio per un bacio cinematografico. Rido, Bear si eccita e salta su Spencer.

Spencer lo spinge via con una mano e mi tira in piedi per un bacio che promette che presto ci sarà dell'altro.

Interrompo il bacio e mi volto verso Gage, un po' senza fiato. «Grazie.»

Lui mi restituisce il telefono e controllo le fotografie. Le istruzioni di Skylar sono veramente servite. «Sono meravigliose, grazie.»

«Possiamo cominciare la demolizione, adesso?» chiede Gage.

«Dato che sono qui, perché non diamo insieme un'occhiata ai progetti, prima che comincino il rumore e la polvere?» chiede Skylar.

Gage alza gli occhi al cielo e poi fissa noi, freddo e professionale. «Un edificio di un piano che possa accogliere cinquanta persone con un'area di reception, bagni e una cucina al top della gamma. Fatto. Adesso fuori dai piedi.» Potrebbe essere la frase più lunga che lo abbia mai sentito dire.

«Scusami?» dice Skylar con la voce che diventa acuta.

«Per favore» aggiunge lui a denti stretti.

«Andrà molto meglio quando abbasserai la cresta» dice Skylar.

Gage fa un rumore che non l'ho mai sentito fare. Credo che stia cercando di non ridere. E quello è decisamente un sorriso. «Cresta? Oh, è divertente.»

Skylar sbuffa. «Sei fortunato che io sia una pacifista.»

Un'altra risata soffocata di Gage.

Skylar si volta a guardarmi. «Rientriamo nella locanda e rivediamo i progetti. Non credo che il signor Scorbutico sarà d'aiuto.»

Prendo in braccio Bear e mi dirigo verso la locanda con Skylar. Spencer mi toglie Bear dalle braccia, probabilmente per farlo camminare, ma Bear si accoccola contro il suo petto, quindi lo lascia restare lì.

«Addio, signorina Allegria, cercherò di abbassare la cresta.»

Skylar non si volta nemmeno mentre urla: «Fallo!».

I suoi occhi azzurri sono brillanti. Gage le piace oppure sono il suo solito ottimismo ed entusiasmo?

«Non è così male» le dico. «È la seconda volta che lavoriamo con Gage. È competente e professionale.»

Skylar alza il mento. «Anch'io. Non preoccuparti, non gli permetterò di distrarmi. Lui farà il suo lavoro e io farò il mio.»

«Oh, non mi preoccupo. Semplicemente non voglio che tu sia stressata a causa sua. È una brava persona.»

«Mmm-mmm» dice Skylar, evasiva.

Spencer apre la porta ed entriamo, andando direttamente nella sala da pranzo, dove ho preparato qualche copia cartacea dei progetti, oltre a quella digitale.

«Questa è la copia che puoi portare con te» dico a Skylar, indicando i progetti. Tolgo il guinzaglio a Bear e lo lascio libero in soggiorno. Gli piace dormire sotto la finestra.

Skylar studia i progetti per qualche minuto prima di rivolgersi a Spencer. «A che tipo di atmosfera stai pensando?»

Ascolto Spencer e Skylar che hanno una conversazione animata sull'illuminazione e i colori. Il suo entusiasmo è contagioso e si vede che Spencer si sta eccitando sempre più mentre parlano. Agita le mani, e le voci salgono di tono.

Ci arriva il suono della demolizione mentre smantellano il tetto del garage. Gage mi ha detto che sarebbe stato la prima parte ad andare. C'è un cassone sulla strada per accogliere le macerie. Skylar e Spencer continuano a parlare superando il rumore finché finiscono gli argomenti.

Spencer mi mette un braccio intorno alla vita e mi tira vicino. «Sarà favoloso.»

Skylar sorride. «Sì. Aspetto la tua richiesta per gli elettrodomestici della cucina. Nel frattempo, preparerò qualche alternativa per i colori della sala da pranzo, il rivestimento delle sedie e il pavimento.»

«Non vedo l'ora» dice Spencer.

«Mi metterò in contatto» dice Skylar con un sorriso radioso ed esce.

Mi volto verso di lui senza riuscire a nascondere il mio sorriso abbagliante. «Ho un regalo per te nel cassetto della cucina.»

«Un regalo per me? Ma non è il mio compleanno.» Va verso la cucina con un'espressione perplessa sul viso. «Siamo a metà ottobre. Mmm, un regalo in anticipo per Halloween?»

«Che cosa sarebbe? Dolci?»

«Spero sia un costume da cameriera sexy. Dovrebbe essere molto succinto per stare in un cassetto.»

«Spero che sia della tua taglia, altrimenti sembreresti ridicolo.»

Spencer mi guarda, impassibile. «Per te, non per me.» Apre un cassetto e lo chiude, poi passa a un altro. «È incartato?»

«Sì, fuochino.»

«Mi sembra di fare una caccia al tesoro.»

«È così.»

Bear si unisce a lui, in piedi sulle zampe posteriori per annusare un cassetto aperto. Spencer gli spinge via il naso. «Finirai per incastrarlo in un cassetto.» Fa un passo di lato e mi guarda.

«Fuochino.»

Resta solo un cassetto dove posso aver riposto il regalo. Ho dovuto togliere metà delle spezie solo per nasconderlo lì.

Spencer apre il cassetto giusto e risucchia il fiato. «Bello!» Toglie dal cassetto il coltello Wüsthof con un fiocco rosso intorno al manico.

«L'ha raccomandato il tuo chef preferito.» Spencer non

segue gli chef celebri sui media; preferisce visitare le migliori cucine della zona per ispirarsi. Ammira moltissimo questo chef che lavora in un ristorante di Brooklyn che fa nuova cucina americana. Ho avuto un serio risveglio alimentare grazie a Spencer.

«E non è tutto» dico imitando la voce di un presentatore televisivo.

Spencer appoggia il coltello sul ripiano. «Perché mi stai facendo dei regali?» Si avvicina e mi tira vicina. «Non sai che tu sei il migliore dei regali?»

Mi si chiude la gola per l'emozione e gli occhi si riempiono di lacrime. «Mi sono ripromessa di non piangere.» Lo abbraccio e cerco di contenermi. «Ti amo tanto.»

«Ti amo anch'io.» Mi alza la testa con un dito sotto il mento. «Che cosa sta succedendo?»

Mi tiro indietro e prendo l'anello dalla tasca. Poi mi metto su un ginocchio, porgendoglielo. «Spencer Wolf, vuoi sposarmi?»

Lui mi fissa. «Ti ho chiesto due volte di sposarmi e hai detto che non poteva essere una cosa spontanea, che doveva essere il momento giusto nel posto giusto. Quindi devo presumere che questa proposta sia stata programmata e che questo sia il momento perfetto.»

Sento il cuore che manca un battito. *Ha intenzione di rifiutare?* Continuo a tenere alzata la fascia di platino incisa a volute, un anello di fidanzamento da uomo. «Lo spero?»

Spencer si mette in ginocchio e prende un anello di diamanti dalla tasca. «Paige Winters, Sarò felice di sposarti. Sarai felice anche tu?»

«Sì!» Sono così felice che scoppio in lacrime.

Spencer mi infila l'anello al dito e cerco di fare la stessa cosa con lui, ma è tutto sfuocato per via delle lacrime. Mi aiuta, infilandosi l'anello prima di farmi alzare e tenermi stretta al petto.

La sua voce mi rimbomba all'orecchio. «Ho in tasca questo anello da settimane, aspettavo il momento giusto e il posto giusto.»

Rido, alzando gli occhi. Mi asciuga le lacrime con i pollici. «Volevo solo che sembrasse una cosa programmata. Come se lo volessimo veramente, che non fosse solo un gesto fatto nella foga del momento.»

«Oh, è stato tutto programmato. Era un piano segreto per sfiancarti. Dicono che la terza volta sia quella giusta.» Anche se sono stata io a fare la proposta.

Oh, a chi importa? È ufficiale! Ci sposeremo!

Lo abbraccio e lo bacio appassionatamente, con il cuore che canta. Il tempo smette di esistere. Sto vibrando con un misto di amore e passione.

Spencer interrompe il bacio e solleva Bear. «Qualcuno vuol essere preso in braccio. Si sta arrampicando sulla mia gamba.»

«Sembri nato per tenerlo in braccio. Uhm... Vuoi dei figli?»

«Sì, pensavo di averlo già detto. E tu?»

Annuisco. «Prima è meglio è. Due.»

«Mi sembra perfetto.»

«Sì?»

«Sì!»

Ridiamo e ci abbracciamo di nuovo, incluso Bear che mi lecca il collo.

«Riesci a credere che litigassimo tanto per stabilire chi era il capo?» gli chiedo.

Spencer fa un sorrisino. «E adesso lo sai.»

«Siamo soci, entrambi il capo.»

Spencer piega di lato la testa. «Non mi conosci ancora, bellezza?»

«Bene. Tu sei il capo in cucina. Non è che io *voglia* cucinare.»

Spencer mi rivolge un lento sorriso sexy. «E dove altro?»

Arrossisco, ed è ridicolo.

Lui ridacchia. «Lo sai. Dillo.»

«A letto, ma solo perché te lo permetto.»

Spencer rimette a terra Bear e mi solleva, prendendomi in braccio. «Perché ti amo e tu ami me.»

Mi porta attraverso la locanda, verso il mio appartamento.

«È l'inizio della nostra nuova vita» dico, sentendomi tutta sdolcinata. Mi ha inseguito finché mi ha catturato. È così romantico.

«Che ne dici di un matrimonio alla vigilia di Natale?» mi chiede.

Annuisco, con la gola troppo stretta per le parole.

«Potremmo farlo qui, una piccola cerimonia all'interno della locanda. È un'idea brillante. Incoraggerà le coppie a venire per un matrimonio anche in inverno all'interno, non solo all'aperto, in estate. Ti dispiacerebbe se chiedessi a *Bride Special* di fare un servizio?»

«Mi sentirei offeso se non lo facessi.»

Ci sorridiamo.

«Sono pieno di idee brillanti» mi dice. «Prova A: continuare a chiederti di sposarmi finché hai detto sì.»

«Quella *è stata* un'idea brillante.»

«Prova B: unire le nostre forze per fondere le nostre attività.»

«Sei sicuro di non sentirti come se avessi perso qualcosa non comprando quella fattoria?»

«Ho spazio per un grande orto e l'accesso ai migliori mercati tutti intorno. Inoltre, tu sei molto più importante che avere una mucca.»

Scoppio a ridere. Mi mette a terra davanti alla porta del mio appartamento e poi mi ci spinge contro. Il mio respiro si fa corto quando vedo la sua espressione sensuale.

«Basta parlare di lavoro» dice contro le mie labbra, prima di baciarmi.

Bear piagnucola e gratta la porta.

Mi tiro indietro, entriamo e Bear corre verso la pila dei suoi giocattoli nell'angolo del soggiorno, pronto a giocare. Salta su uno scoiattolo di gomma che fischia.

Spencer mi richiama con un dito. Vado da lui e mi getta sopra la spalla, dandomi una pacca sul sedere. Sospiro felice.

«Vediamo com'è il sesso per una coppia fidanzata» dice.

«Spero che sia super romantico.» È solo un suggerimento.

Spencer apre la porta della camera e mi mette a terra. Mi

serve un momento per far passare il capogiro, ma poi vedo quello che ha fatto: petali di rose sparsi sul letto e un mazzo di rose rosse su ognuno dei comodini.

«Quando l'hai fatto?»

«Questa mattina quando sei uscita.»

«Hai detto che saresti andato al mercato.»

«Dove avevano le rose rosse. Volevo chiederti oggi di sposarmi, il giorno in cui abbiamo iniziato i lavori per la nostra vita da sogno insieme. E tu hai avuto la stessa idea di chiedermi di sposarti. Vedi come siamo perfetti insieme?»

Mi metto una mano sulla bocca, cercando di non piangere.

«Ora spogliati e sdraiati proprio in mezzo al letto. Ho dei programmi per te.»

E io che avevo pianificato questa proposta perché fosse perfetta mentre lui stava facendo esattamente la stessa cosa. Lascio cadere la mano. «Oh, Spencer.»

Mi solleva e mi mette esattamente al centro del letto dove mi aveva ordinato di andare. Mi copre col suo corpo e mi mette una mano sul viso. «Non dovresti piangere quando sto cercando di sedurti.»

«Sono così felice.»

I suoi occhi si addolciscono. «Anch'io.» Mi bacia teneramente e io sospiro.

E poi mi bacia non così teneramente.

Rotoliamo sopra i petali, stretti in un abbraccio ardente. Una coppia perfetta.

Non perdetevi il prossimo libro della serie *Daring - Gage,* dove Gage informa Skylar che dovrà trasferirsi da lui mentre lavora sulla sua casa. Ovviamente per il bene di Skylar.

Trasferirmi da lui mentre lavoro sulla sua casa? Nel mio interesse, ovviamente. Cosa?!

Skylar

La prima volta in cui ho incontrato Gage Williams non mi è piaciuto molto. Ecco perché: aveva respinto senza mezzi termini un'idea che avevo avuto per un progetto che stavo proponendo a dei potenziali clienti per un lavoro in una locanda. Sono un'arredatrice d'interni. Lui era il costruttore incaricato della ristrutturazione. Dopo qualche parola accesa, aveva avuto l'audacia di chiamarmi Signorina Sorriso. Grr... Il mondo ha bisogno di più gente positiva!

La seconda volta ha continuato a non piacermi. Non ho tempo per un tipo alfa con quell'atteggiamento quando ho un lavoro da fare.

La terza volta. Beh, è allora che le cose sono peggiorate in fretta, quindi sono rimasta scioccata quando mi ha informato che il mio prossimo progetto sarebbe stato la sua casa e che avrei dovuto trasferirmi da lui. Cosa?! Solo perché sono attualmente una senzatetto completamente in bolletta? Oh, diavolo.

Gage

Skylar è il caos fatto a persona e io porto l'ordine nel caos. Specialmente quando una certa Signorina Sorriso si illude che il suo solare ottimismo risolverà la situazione. Niente da fare. Sono io il risolutore. Prego.

Iscrivetevi alla mia newsletter per non perdervi le nuove uscite: https://www.kyliegilmore.com/ITnewsletter

ALTRI LIBRI DI KYLIE GILMORE

Storie scatenate

Fetching - Wyatt (Libro No. 1)

Dashing - Adam (Libro No. 2)

Sporting - Eli (Libro No. 3)

Toying - Caleb (Libro No. 4)

Blazing - Max (Libro No. 5)

Chasing - Spencer (Libro No. 6)

Daring - Gage (Libro No. 7)

Leading - Levi (Libro No. 8)

Racing - Dominic (Libro No. 9)

Loving - Drew (Libro No. 10)

I Rourke di Villroy,

Principi da sogno ed eroine tostissime.

Royal Catch - Gabriel (Libro No. 1)

Royal Hottie - Phillip (Libro No. 2)

Royal Darling - Emma (Libro No. 3)

Royal Charmer - Lucas (Libro No. 4)

Royal Player - Oscar (Libro No. 5)

Royal Shark - Adrian (Libro No. 6)

I Rourke di New York

Rogue Prince - Dylan (Libro No. 1)

Rogue Gentleman - Sean (Libro No. 2)

Rogue Rascal - Jack (Libro No. 3)

Rogue Angel - Connor (Libro No. 4)

Rogue Devil - Brendan (Libro No. 5)

Rogue Beast - Garrett (Libro No. 6)

Andate sul mio sito web kyliegilmore.com/italiano per vedere la
lista aggiornata dei miei libri.

L'AUTRICE

Kylie Gilmore è l'autrice Bestseller di USA Today delle serie: I Rourke; Storie scatenate; The happy endings Book Club; The Clover Park e The Clover Park Charmers. Scrive romanzi rosa umoristici che vi faranno ridere, piangere e allungare le mani per prendere un bel bicchiere d'acqua.

Kylie vive a New York con la sua famiglia, due gatti e un cane picchiatello. Quando non sta scrivendo, tenendo a bada i figli o prendendo debitamente appunti alle conferenze per gli scrittori, potete trovarla a flettere i muscoli per arrivare fino all'armadietto in alto, dove c'è la sua scorta segreta di cioccolato.

Iscrivetevi alla newsletter di Kylie per avere notizie sulle nuove uscite e sulle vendite speciali: kyliegilmore.com/IT-newsletter. Controllate il sito web di Kylie per trovare altra roba divertente: https://www.kyliegilmore.com/italiano/.

9 781646 581115